吃著吃著
就學會五十音了

作者・Mr. Sun (宣珍浩)　　譯者・洪詩涵、李婉寧

走進日本小巷餐飲店,輕鬆點菜,自信開口。

最有趣	最直觀	最道地	最實用
從菜單 學五十音	料理名稱 手寫練習	點餐直接 開口說	擬真菜單 中日對照

Intro

日本50音介紹

平假名
片假名
50音

004

1

看菜單學會
平假名和片假名

010

2

用食物的名字
來記住吧

平假名
片假名

024

3

尋找
美味的
餐廳

060

4

日文的模樣
&
單位和數字

094

5

嘗試食物詞彙

106

6

看懂餐飲店的
擬真菜單

122

7

詞彙筆記

162

Intro

日本50音介紹

平假名

片假名

50音

平假名 50 音

あ a	い i	う u	え e	お o
か ka	き ki	く ku	け ke	こ ko
さ sa	し shi	す su	せ se	そ so
た ta	ち chi	つ tsu	て te	と to
な na	に ni	ぬ nu	ね ne	の no

は ha	ひ hi	ふ fu	へ he	ほ ho
ま ma	み mi	む mu	め me	も mo
や ya		ゆ yu		よ yo
ら ra	り ri	る ru	れ re	ろ ro
わ wa			を wo	ん n

片假名 50 音

ア a	イ i	ウ u	エ e	オ o
カ ka	キ ki	ク ku	ケ ke	コ ko
サ sa	シ shi	ス su	セ se	ソ so
タ ta	チ chi	ツ tsu	テ te	ト to
ナ na	ニ ni	ヌ nu	ネ ne	ノ no

ハ ha	ヒ hi	フ fu	ヘ he	ホ ho
マ ma	ミ mi	ム mu	メ me	モ mo
ヤ ya		ユ yu		ヨ yo
ラ ra	リ ri	ル ru	レ re	ロ ro
ワ wa			ヲ wo	ン n

看菜單學會平假名和片假名

メニュー

どんぶり・べんとう・うどん

どんぶり 丼飯

1 ぎゅうどん 牛肉丼飯 ￥800	2 ウナギどん 鰻魚丼飯 ￥1000	3 カツどん 豬排丼飯 ￥750
4 てんどん 天婦羅丼飯 ￥900	5 うにどん 海膽丼飯 ￥2000	6 かいせんどん 海鮮丼飯 ￥1700
7 イクラどん 鮭魚卵丼飯 ￥1800	8 ねぎとろどん 蔥花鮪魚丼飯 ￥1500	9 サーモンどん 鮭魚丼飯 ￥1000

1 gyu.u | do.n 牛肉 | 丼飯	2 u.na.gi | do.n 鰻魚 | 丼飯	3 ka.tsu | do.n 豬排 | 丼飯
4 te.n | do.n 天婦羅 | 丼飯	5 u.ni | do.n 海膽 | 丼飯	6 ka.i.se.n | do.n 海鮮 | 丼飯
7 i.ku.ra | do.n 鮭魚卵 | 丼飯	8 ne.gi.to.ro | do.n 蔥花鮪魚 | 丼飯	9 sa.-.mo.n | do.n 鮭魚 | 丼飯

★ とろ是鮪魚的肚子或皮下刮出的肉，該食材用來做成丼飯或壽司。

べんとう 便當

10 さしみべんとう
生魚片便當
￥1000

11 すしべんとう
壽司便當
￥1000

12 ウナギべんとう
鰻魚便當
￥900

13 さばべんとう
鯖魚便當
￥800

うどん 烏龍麵

14 きつねうどん
豆皮烏龍麵
￥650

15 まぜうどん
乾拌烏龍麵
￥700

16 カレーうどん
咖哩烏龍麵
￥700

17 てんぷらうどん
天婦羅烏龍麵
￥750

18 からいうどん
辣味烏龍麵
￥700

19 ちからもちうどん
年糕烏龍麵
￥700

---

10 sa.shi.mi | be.n.to.u 生魚片 | 便當　　11 su.shi | be.n.to.u 壽司 | 便當　　12 u.na.gi | be.n.to.u 鰻魚 | 便當
13 sa.ba | be.n.to.u 鯖魚 | 便當　　14 ki.tsu.ne | u.do.n 豆皮 | 烏龍麵　　15 ma.ze | u.do.n 乾拌 | 烏龍麵
16 ka.re.- | u.do.n 咖哩 | 烏龍麵　　17 te.n.pu.ra | u.do.n 天婦羅 | 烏龍麵　　18 ka.ra.i | u.do.n 辣味 | 烏龍麵
19 chi.ka.ra.mo.chi★ | u.do.n 年糕 | 烏龍麵

★ ちからもちうどん的意思是"吃了會有力氣的年糕"。ちから是"力氣"，もち是"年糕"的意思。

SUSHI MENU

1 サーモン
鮭魚

200円

2 ひらめ
比目魚

200円

3 サーモンハラス
鮭魚肚

400円

4 すずき
鱸魚

200円

5 えび
蝦

200円

6 たい
鯛魚

300円

7 たこ
章魚

200円

8 まぐろ
鮪魚

400円

9 くろだい
黑鯛

400円

---

1 sa.-.mo.n 鮭魚	2 hi.ra.me 比目魚	3 sa.-.mo.n｜ha.ra.su 鮭魚｜肚
4 su.zu.ki 鱸魚	5 e.bi 蝦	6 ta.i 鯛魚
7 ta.ko 章魚	8 ma.gu.ro 鮪魚	9 ku.ro｜da.i 黑｜鯛

⑩ たまご
玉子燒
200円

⑪ あなご
星鰻
200円

**⑫ いくら
ぐんかんまき**
鮭魚卵軍艦
600円

**⑬ おおとろ
ぐんかんまき**
鮪魚肚軍艦
600円

⑭ すしもりあわせ
綜合握壽司

・たこ 章魚
・たまご 玉子燒
・すずき 鱸魚
・サーモン 鰹魚
・たい 鯛魚

1500円

**⑮ とくじょう
すしもりあわせ**
特上綜合握壽司

・くろだい 黑鯛
・あなご 星鰻
・まぐろ 鮪魚
・いくらぐんかんまき 鮭魚卵軍艦
・おどろぐんかんまき 鮪魚肚軍艦

2000円

---

⑩ ta.ma.go 玉子燒　　　　⑪ a.na.go 星鰻
⑫ i.ku.ra | gu.n.ka.n.ma.ki 鮭魚卵 | 軍艦　　⑬ o.o.to.ro | gu.n.ka.n.ma.ki 鮪魚肚 | 軍艦
⑭ su.shi | mo.ri.a.wa.se 壽司 | 拼盤　　⑮ to.ku.jo.u | su.shi | mo.ri.a.wa.se 特上 | 壽司 | 拼盤

1 看菜單學會平假名和片假名　15

# Izakaya Menu

1 あげもの 炸物料理

おすすめ
推薦料理

2 てんぷらのもりあわせ
綜合天婦羅　1400円

3 カキフライ　　　**4 コロッケ**　　　**5 とりのからあげ**
炸牡蠣　1300円　　可樂餅　900円　　炸雞塊　1000円

6 えびてん 炸蝦	1500円
7 いかてんぷら 炸魷魚	1500円
8 やさいのてんぷら 炸蔬菜	1300円

9 にもの 燉煮物

10 にくじゃが　　**11 さばのみそに**　　**12 かくに**
馬鈴薯燉肉　1000円　味增鯖魚　700円　　豬肉角煮塊　800円

1	a.ge	mo.no	炸	物		2	te.n.pu.ra	no	mo.ri.a.wa.se	天婦羅	的	拼盤		3	ka.ki	fu.ra.i	牡蠣	炸
4	ko.ro.k.ke	可樂餅		5	to.ri	no	ka.ra.a.ge	雞塊	的	炸物		6	e.bi	te.n	蝦	炸物
7	i.ka	te.n.pu.ra	魷魚	炸物		8	ya.sa.i	no	te.n.pu.ra	蔬菜	的	炸物		9	ni.mo.no	燉煮物
10	ni.ku	ja.ga	肉	馬鈴薯		11	sa.ba	no	mi.so.ni	鯖魚	的	味增煮		12	ka.ku ★	ni	角	煮

★ 角煮是指慢燉切成方塊的豬肉。角是正方形之意。

13 やきもの 燒烤料理

14 やきとり 烤雞肉串　900円　　**15** おこのみやき 文字燒　1000円

16 シシャモやき　　　**17** サーモンステーキ　　　**18** たこやき
烤柳葉魚　800円　　　鮭魚排　800円　　　　　　章魚燒　600円

19 なべもの 鍋物料理

21 もつなべ
牛雜鍋　1400円

22 なべやきうどん
鍋煮烏龍麵　800円

20 しゃぶしゃぶ
涮涮鍋　1500円

23 とりなべ　雞肉鍋 ……………………………… 1000円
24 おでん　關東煮 ……………………………… 800円

---

13 ya.ki｜mo.no 燒烤｜料理	14 ya.ki｜to.ri 燒烤｜雞肉	15 o.ko.no.mi｜ya.ki 喜好物｜燒烤
16 shi.sha.mo｜ya.ki 柳葉魚｜燒烤	17 sa.-.mo.n｜su.te.-.ki 鮭魚｜排	18 ta.ko｜ya.ki 章魚｜燒烤
19 na.be｜mo.no 鍋物｜料理	20 sha.bu.sha.bu 涮涮鍋	21 sha.bu.sha.bu 涮涮鍋
22 na.be｜ya.ki｜u.do.n 鍋｜煮｜烏龍麵	23 to.ri｜na.be 雞肉｜鍋	24 o.de.n 關東煮

1 看菜單學會平假名和片假名　17

ラーメン 拉麺

1 とんこつラーメン
豚骨拉麺　750円

2 くろマーユラーメン
黒蒜油拉麺　750円

3 しょうゆラーメン
醬油拉麺　700円

4 みそラーメン
味噌拉麺　700円

5 からいラーメン
辣味拉麺　700円

6 つけめん
沾麺　750円

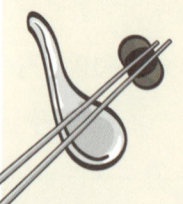

---

1 to.n.ko.tsu | ra.-.me.n 豚骨 | 拉麺　　2 ku.ro.ma.-.yu | ra.-.me.n 黒蒜油 | 拉麺
3 sho.u | ra.-.me.n 醬油 | 拉麺　　　4 mi.so | ra.-.me.n 味噌 | 拉麺
5 ka.ra.i | ra.-.me.n 辣味 | 拉麺　　　6 tsu.ke | me.n 沾 | 麺

わしょくめんるいメニュー
日式麵食菜單

7 ni.ku｜so.ba 肉片｜蕎麥麵	8 te.n.pu.ra｜so.ba 天婦羅｜蕎麥麵	9 ya.ki｜so.ba 炒｜麵
10 ta.ma.go 雞蛋	11 mo.ya.shi 豆芽	12 a.o.na 綠葉蔬菜
13 no.ri 海苔	14 ka.e.da.ma 加麵	15 cha.-.shu.- 叉燒

1 看菜單學會平假名和片假名　19

MENU

Coffee

1. エスプレッソ　濃縮咖啡　￥300
2. アメリカン　美式咖啡　￥400
3. カフェラテ　拿鐵　￥450
4. カフェオレ　咖啡歐蕾　￥450
5. カフェモカ　摩卡　￥450
6. カプチーノ　卡布奇諾　￥450
7. バニララテ　香草拿鐵　￥450

Hot Drink

8. ホットチョコレート　熱巧克力　￥500
9. まっちゃラテ　抹茶拿鐵　￥500
10. ミントティー　薄荷茶　￥500

11. りょくちゃ　綠茶　￥400
12. いちごちゃ　草莓茶　￥400
13. はなちゃ　花茶　￥400

---

1. e.su.pu.re.s.so 濃縮咖啡
2. a.me.ri.ka.n 美式咖啡
3. ka.fe.ra.te 拿鐵
4. ka.fe.o.re 咖啡歐蕾
5. ka.fe.mo.ka 摩卡
6. ka.pu.chi.-.no 卡布奇諾
7. ba.ni.ra.ra.te 香草拿鐵
8. ho.t.to | cho.ko.re.-.to 熱｜巧克力
9. ma.c.cha | ra.te 抹茶｜拿鐵
10. mi.n.to | ti.- 薄荷｜茶
11. ryo.ku | cha 綠｜茶
12. i.chi.go | cha 草莓｜茶
13. ha.na | cha 花｜茶

Cold Drink

14 バナナシェイク	15 チョコシェイク	16 いちごシェイク	17 パルフェ
香蕉奶昔	巧克力奶昔	草莓奶昔	百匯冰淇淋
￥500	￥500	￥500	￥500

18 グレープフルーツジュース　葡萄柚汁　￥550
19 オレンジジュース　柳丁汁　￥550
20 トマトジュース　番茄汁　￥550
21 やさいジュース　蔬菜汁　￥550

Sweet Dessert

22 いちごケーキ	23 チョコレートケーキ	24 ブルーベリーパイ
草莓蛋糕　￥2000	巧克力蛋糕　￥2000	藍莓派　￥2000

25 パンケーキ	26 バニラアイスクリーム	27 ワッフル
美式鬆餅　￥1000	香草冰淇淋　￥400	鬆餅　￥500

---

14 ba.na.na | she.i.ku 香蕉 | 奶昔
15 cho.ko | she.i.ku 巧克力 | 奶昔
16 i.chi.go | she.i.ku 草莓 | 奶昔
17 pa.ru.fe 百匯冰淇淋
18 gu.re.-.pu.fu.ru.-.tsu | ju.-.su 葡萄柚 | 果汁
19 o.re.n.ji | ju.-.su 柳丁 | 果汁
20 to.ma.to | ju.-.su 番茄 | 果汁
21 ya.sa.i | ju.-.su 蔬菜 | 果汁
22 i.chi.go | ke.-.ki 草莓 | 蛋糕
23 cho.ko.re.-.to | ke.-.ki 巧克力 | 蛋糕
24 bu.ru.-.be.ri.- | pa.i 藍莓 | 派
25 pa.n | ke.-.ki 麵包 | 蛋糕
26 ba.ni.ra | a.i.su.ku.ri.-.mu 香草 | 冰淇淋
27 wa.f.fu.ru 鬆餅

RESTAURANT MENU

MAIN DISHES

1. マルゲリータ 瑪格麗特 ￥1500
2. ポテトピザ 馬鈴薯披薩 ￥1500
3. ハワイアンピザ 夏威夷披薩 ￥1500
4. ナポリタン 拿坡里 ￥1000
5. カルボナーラ 卡波納拉 ￥1000
6. ハンバーグステーキ 漢堡牛排 ￥1500
7. バーベキューポークリブ 炭烤豬肋排 ￥2500

SIDES

8. コーンスープ 玉米湯 ￥500
9. セサミサラダ 芝麻沙拉 ￥700
10. コールスロー 涼拌捲心菜 ￥700
11. フライドポテト 炸薯條 ￥850

---

1. ma.ru.ge.ri.-.ta 瑪格麗特
2. po.te.to | pi.za 馬鈴薯 | 披薩
3. ha.wa.i.a.n | pi.za 夏威夷 | 披薩
4. na.po.ri.ta.n 拿坡里
5. ka.ru.bo.na.-.ra 卡波納拉
6. ha.n.ba.-.gu | su.te.-.ki 漢堡 | 牛排
7. ba.-.be.kyu.- | po.-.ku.ri.bu 炭烤 | 豬肋排
8. ko.-.n | su.-.pu 玉米 | 湯
9. se.sa.mi | sa.ra.da 芝麻 | 沙拉
10. ko.-.ru.su.ro.- 涼拌捲心菜
11. fu.ra.i.do | po.te.to 炸 | 薯條

DRINKS

12	コーラ 可樂	¥250
13	ジンジャーエール 薑汁汽水	¥300
14	フルーツジュース 新鮮果汁	¥600
15	レモネード 檸檬汁	¥500
16	なまビール 生啤酒	¥450
17	あかワイン 紅酒	¥3000
18	しろワイン 白酒	¥3000

DESSERTS

19	キウイシャーベット 奇異果冰沙	¥350
20	カスタードプリン 卡士達布丁	¥400
21	マカロン 馬卡龍	¥200
22	ティラミス 提拉米蘇	¥450

---

12 ko.-.ra 可樂　　13 ji.n.ja.-.e.-.ru 薑汁汽水　　14 fu.ru.-.tsu. | ju.-.su 鮮|果汁
15 re.mo.ne.-.do 檸檬汁　　16 na.ma | bi.-.ru 生|啤酒　　17 a.ka | wa.i.n 紅|酒
18 shi.ro | wa.i.n 白|酒　　19 ki.u.i | sha.-.be.t.to 奇異果|冰沙　　20 ka.su.ta.-.do | pu.ri.n 卡士達|布丁
21 ma.ka.ro.n 馬卡龍　　22 ti.ra.mi.su 提拉米蘇

2

用食物的名字來記住吧

平假名
片假名

用食物的名字來記住平假名

✎ 練習寫出下列平假名的羅馬拼音

平假名 ❶
ka.ni.ji.ru かにじる
shi.ji.mi.ji.ru しじみじる
wo ku.da.sa.i を ください

✎ 練習寫出下列羅馬拼音的平假名

ka.ni ji.ru
螃蟹 湯
螃蟹湯

shi.ji.mi ji.ru
蛤蜊 湯
蛤蜊湯

w o ku.da.sa.i
給我 請
請給我

練習寫出下列平假名的羅馬拼音

平假名 ❷
u.me.bo.shi うめぼし
u.me.zu.ke うめづけ
u.me.shu うめしゅ

う	う	め	め	う	め	ぼ	ぼ	し
u		me				bo		shi
し	う	め	ぼ	し	づ	づ	け	け
					zu		ke	
う	め	づ	け	う	め	し	し	ゆ
								yu

ゆ	しゅ	しゅ	う	め	しゅ	う	め	ぼ
	shu							
し	う	め	づ	け	う	め	しゅ	しゅ	う

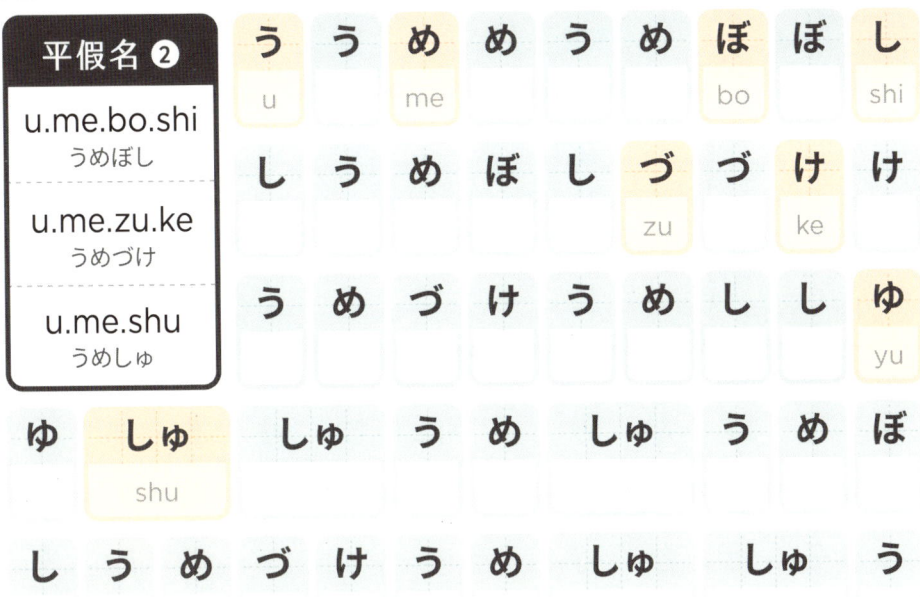

練習寫出下列羅馬拼音的平假名

u	me	bo	shi	u	me	zu	ke	u	me	shu
u	me	bo	shi	u	me	zu	ke	u	me	shu
u	me	bo	shi	u	me	zu	ke	u	me	shu

u.me bo.shi
梅子 乾
梅乾

うめぼし

u.me zu.ke
梅子 醃製
醃梅子

うめづけ

u.me shu
梅子 酒
梅酒

うめしゅ

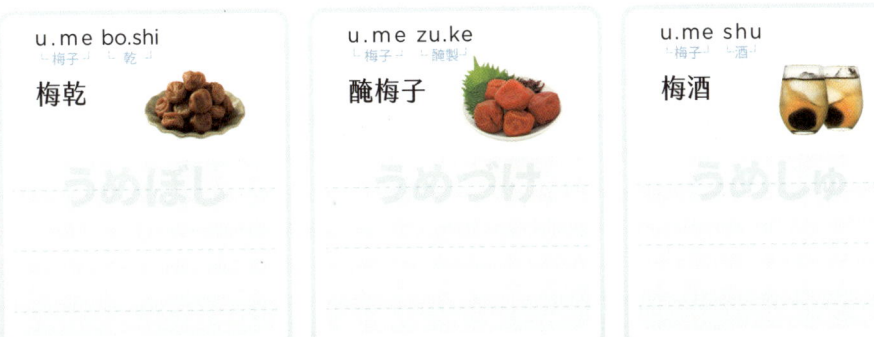

練習寫出下列平假名的羅馬拼音

平假名 ❸

ka.ke.so.ba	かけそば
tsu.ke.so.ba	つけそば
e.bi.so.ba	えびそば

か か け け か け そ そ ば
ka　　　ke　　　　　so　　ba

ば か け そ ば つ つ け け
　　　　　　　　tsu

つ け そ え え び び え
　　　　　e　　　bi

び そ ば か け そ ば つ け そ ば え

び そ ば か け そ ば つ け そ ば え

練習寫出下列羅馬拼音的平假名

ka　ke　so　ba　tsu　ke　so　ba　e　bi　so　ba

ka　ke　so　ba　tsu　ke　so　ba　e　bi　so　ba

ka　ke　so　ba　tsu　ke　so　ba　e　bi　so　ba

ka.ke so.ba (澆湯・蕎麥麵)
蕎麥湯麵
かけそば

tsu.ke so.ba (沾醬・蕎麥麵)
蕎麥沾麵
つけそば

e.bi so.ba (蝦子・蕎麥麵)
炸蝦蕎麥麵
えびそば

28

到現在為止學過的平假名(ひらがな)

✏️ 請試著在下方空白處填上至今為止學過的平假名吧。

a	i	u	e	o
ka	ki	ku	ke	ko
sa	shi	su	se	so
ta	chi	tsu	te	to
na	ni	nu	ne	no
ha	hi	fu	he	ho
ma	mi	mu	me	mo
ya		yu		yo
ra	ri	ru	re	ro
wa			wo	n

2 用食物的名字來記住吧 平假名 片假名

練習寫出下列平假名的羅馬拼音

平假名 ❹

re.n.ko.n.mu.shi
れんこんむし

mu.shi.ta.ma.go
むしたまご

れ (re)	れ	ん (n)	ん	れ	ん	こ	こ (ko)	れ
ん	こ	ん	む (mu)	む	し (shi)	し	れ	ん
こ	ん	む	し	た (ta)	た	ま	ま (ma)	ご (go)
ご	む	し	た	ま	ご	れ	ん	こ	む	し
む	し	た	ま	ご	む	し	た	ま	ご	む	し

練習寫出下列羅馬拼音的平假名

re	n	ko	n	mu	shi	mu	shi	ta	ma	go	re
n	ko	n	mu	shi	mu	shi	ta	ma	go	re	n
ko	n	mu	shi	mu	shi	ta	ma	go	re	n	ko

re.n.ko.n mu.shi
蓮藕　蒸
蒸蓮藕 
れんこんむし

mu.shi ta.ma.go
蒸　　蛋
蒸蛋 
むしたまご

30

✏️ 練習寫出下列平假名的羅馬拼音

平假名 ❺
te.n.do.n てんどん
o.ya.ko.do.n おやこどん
yu.ba.do.n ゆばどん

て	て	ん	ん	て	ん	ど	ど	お
te		n				do		o

お	や	や	こ	こ	ど	ん	て	ん
	ya		ko					

ど	ん	ゆ	ゆ	ば	ば	ゆ	ば	ど
			yu		ba			

| ん | て | ん | ど | ん | お | や | こ | ど | ん | ゆ | ば |

| ど | ん | て | ん | ど | ん | お | や | こ | ど | ん | ゆ |

✏️ 練習寫出下列羅馬拼音的平假名

te　n　do　n　o　ya　ko　do　n　yu　ba　do

n　te　n　do　n　o　ya　ko　do　n　yu　ba

do　n　te　n　do　n　o　ya　ko　do　n　yu

te.n do.n
〜天婦羅〜 〜丼飯〜
天丼
てんどん

o.ya.ko do.n
〜親子〜 〜丼飯〜
親子丼
おやこどん

yu.ba do.n
〜豆腐皮〜 〜丼飯〜
湯葉丼
ゆばどん

★てん是てんぷら的簡稱，也就是天婦羅的意思。
★どん是どんぶり的簡稱，也就是蓋飯的意思。

2 用食物的名字來記住吧 平假名 片假名 31

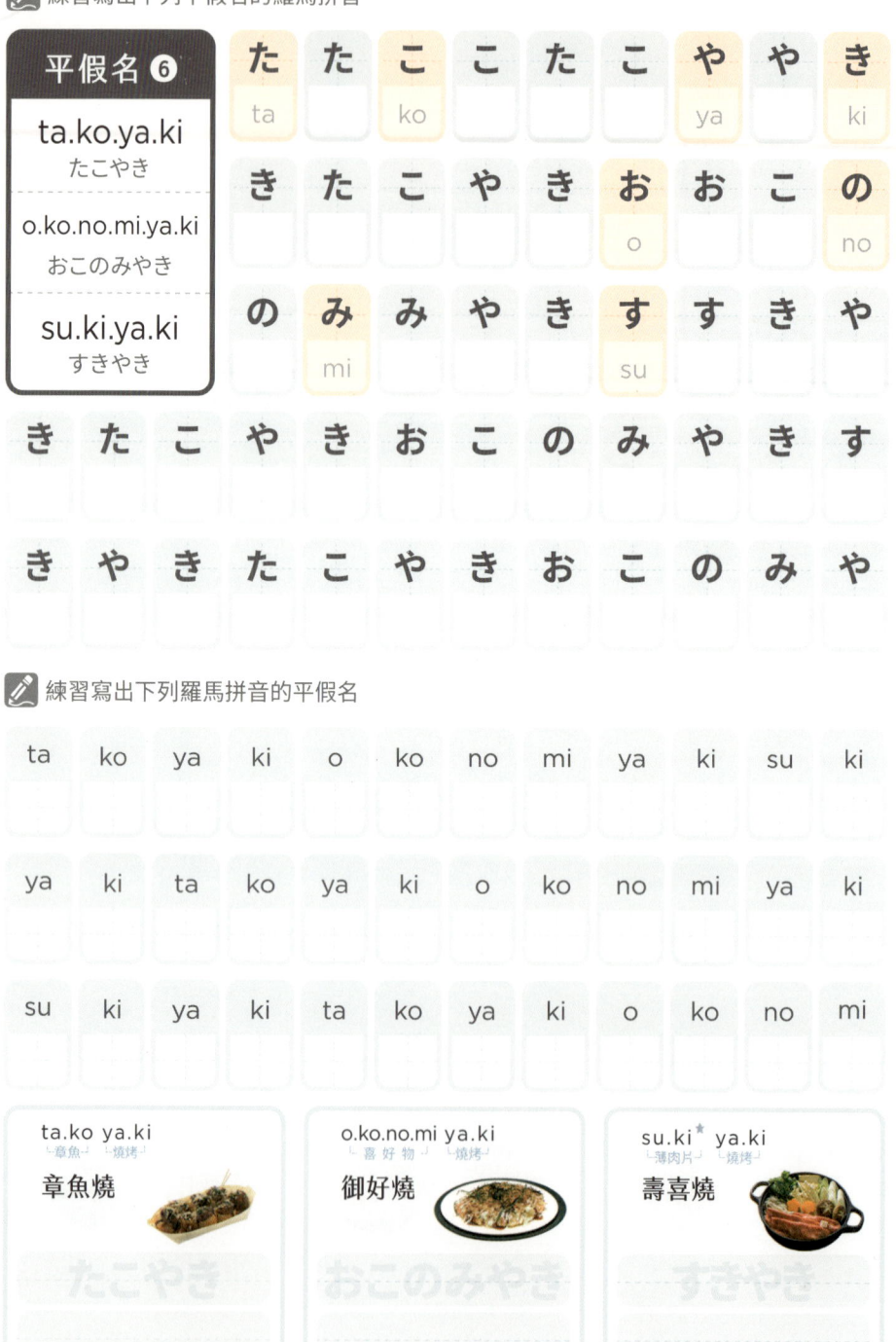

練習寫出下列平假名的羅馬拼音

平假名 ❼

ko.bu.ma.ki
こぶまき

ni.ku.ma.ki
にくまき

i.ku.ra.ma.ki
いくらまき

練習寫出下列羅馬拼音的平假名

ko　bu　ma　ki　ni　ku　ma　ki　i　ku　ra　ma

ki　ko　bu　ma　ki　ni　ku　ma　ki　i　ku　ra

ma　ki　ko　bu　ma　ki　ni　ku　ma　ki　i　ku

★ 事實上在日本比起"こぶ"更常被稱為"こんぶ"。

到現在為止學過的平假名 (ひらがな)

✏️ 請試著在下方空白處填上至今為止學過的平假名吧。

a あ	i	u う	e え	o
ka か	ki	ku く	ke け	ko
sa さ	shi し	su	se せ	so そ
ta	chi ち	tsu つ	te て	to と
na な	ni に	nu ぬ	ne ね	no
ha は	hi ひ	fu	he へ	ho ほ
ma ま	mi み	mu	me め	mo も
ya		yu		yo よ
ra	ri り	ru る	re	ro ろ
wa わ			wo を	n

34

✏️ 練習寫出下列平假名的羅馬拼音

平假名 ❽	ま	ま	め	め	ま	め	も	も	ち
ma.me.mo.chi まめもち	ma		me				mo		chi

ち ま め も ち よ よ ぎ ぎ
　　　　　　　　yo　　gi

yo.mo.gi.mo.chi よもぎもち

よ も ぎ も ち せ せ ん ん
　　　　　　　se　　　　n

se.n.be.i せんべい

べ べ い い せ ん べ い ま め も ち
be　　i

よ も ぎ も ち せ ん べ い ま め も

✏️ 練習寫出下列羅馬拼音的平假名

ma　me　mo　chi　yo　mo　gi　mo　chi　se　n　be

i　ma　me　mo　chi　yo　mo　gi　mo　chi　se　n

be　i　ma　me　mo　chi　yo　mo　gi　mo　chi　se

ma.me mo.chi　　豆餅　　まめもち

yo.mo.gi mo.chi　　草餅　　よもぎもち

se.n.be.i　　仙貝　　せんべい

練習寫出下列平假名的羅馬拼音

平假名 9

sa.nu.ki.u.do.n
さぬきうどん

ne.gi.so.ba
ねぎそば

さ	さ	ぬ	ぬ	さ	ぬ	き	き	う
sa		nu				ki		u
う	さ	ぬ	き	う	ど	ど	ん	ん
					do		n	
さ	ぬ	き	う	ど	ん	ね	ね	ぎ
						ne		gi

ぎ	ね	ぎ	そ	そ	ば	ば	ね	ぎ	そ	ば	さ
			so		ba						
ぬ	き	う	ど	ん	ね	ぎ	そ	ば	さ	ぬ	き

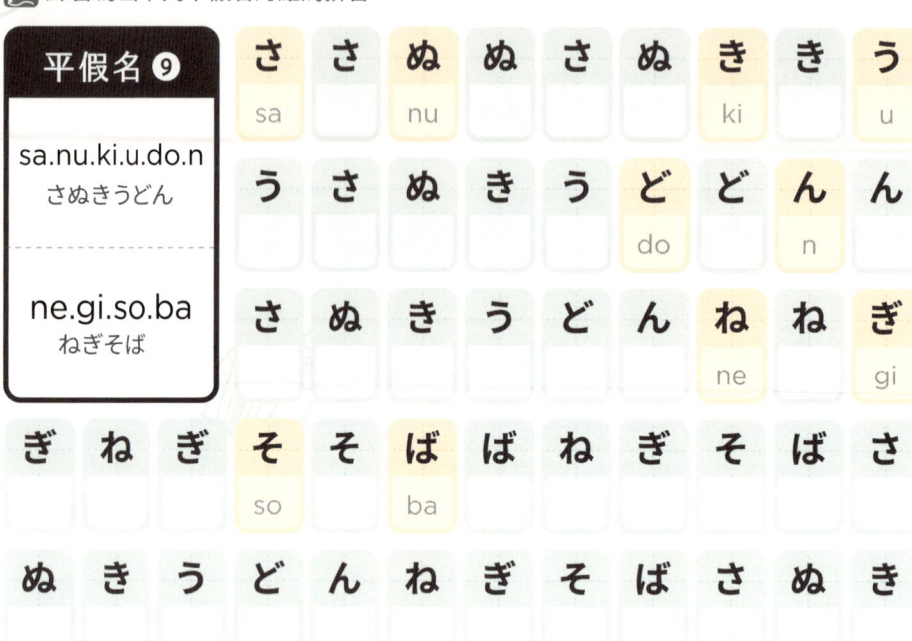

練習寫出下列羅馬拼音的平假名

sa	nu	ki	u	do	n	ne	gi	so	ba	sa	nu
ki	u	do	n	ne	gi	so	ba	sa	nu	ki	u
do	n	ne	gi	so	ba	sa	nu	gi	u	do	n

sa.nu.ki u.do.n
讚岐(地名) 烏龍麵

讚岐烏龍麵

さぬきうどん

ne.gi so.ba
蔥 蕎麥麵

蔥花蕎麥麵

ねぎそば

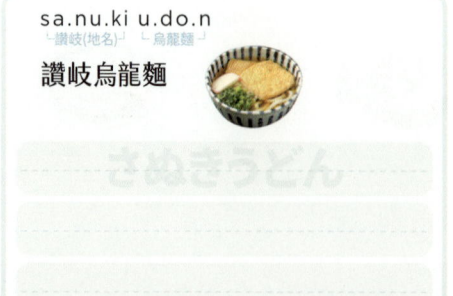

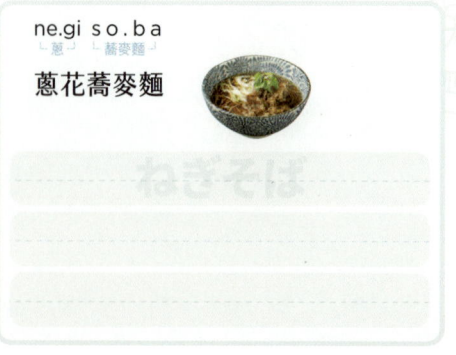

✏️ 練習寫出下列平假名的羅馬拼音

平假名 ⑩
to.ri.na.be とりなべ
bo.ta.n.na.be ぼたんなべ
ka.mo.na.be かもなべ

と　と　り　り　と　り　な　な　べ
　　　to　　　ri　　　　　　na　　be

べ　と　り　な　べ　ぼ　ぼ　た　た
　　　　　　　　　　bo　　　ta

ぼ　た　ん　ん　ぼ　た　ん　な　べ
　　　　n

か　か　も　も　か　も　な　べ　と　り　な　べ
ka　　　mo

ぼ　た　ん　な　べ　か　も　な　べ　ぼ　た　ん

✏️ 練習寫出下列羅馬拼音的平假名

to　ri　na　be　bo　ta　n　na　be　ka　mo　na

be　to　ri　na　be　bo　ta　n　na　be　ka　mo

na　be　to　ri　na　be　bo　ta　n　na　be　ka

to.ri＊ na.be
雞肉　鍋
雞肉鍋

bo.ta.n na.be
野豬肉　鍋
牡丹鍋

ka.mo na.be
鴨肉　鍋
鴨肉鍋

★とり原意為"鳥"，但用在食物裡時主要指"雞"。

2 用食物的名字來記住吧　平假名 片假名　37

練習寫出下列平假名的羅馬拼音

平假名 ⑪

wa.sa.bi.a.e
わさびあえ

ku.ro.go.ma.a.e
くろごまあえ

na.su.a.e
なすあえ

わ (wa)	わ	さ (sa)	さ	び (bi)	び	わ	さ	び
あ (a)	あ	え (e)	え	わ	さ	び	あ	え
く (ku)	く	ろ (ro)	ろ	ご (go)	ご	ま (ma)	ま	く
ろ	ご	ま	あ	え	な (na)	な	す (su)	す	な	す	あ
え	わ	さ	び	く	ろ	ご	ま	な	す	あ	え

練習寫出下列羅馬拼音的平假名

wa	sa	bi	a	e	ku	ro	go	ma	a	e	na
su	a	e	wa	sa	bi	a	e	ku	ro	go	ma
a	e	na	su	a	e	ku	ro	go	ma	na	su

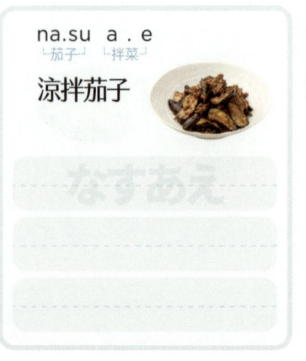

---

wa.sa.bi a.e
芥末｜拌菜
芥末拌菜

わさびあえ

---

ku.ro.go.ma a.e
黑芝麻｜拌菜
黑芝麻拌菜

くろごまあえ

---

na.su a.e
茄子｜拌菜
涼拌茄子

なすあえ

到現在為止學過的平假名(ひらがな)

✏️ 請試著在下方空白處填上至今為止學過的平假名吧。

a	i	u	e	o
ka	ki	ku	ke	ko
sa	shi	su	se	so
ta	chi	tsu	te	to
na	ni	nu	ne	no
ha	hi	fu	he	to
ma	mi	mu	me	mo
ya		yu		yo
ra	ri	ru	re	ro
wa			wo	n

2 用食物的名字來記住吧 平假名 片假名 39

練習寫出下列平假名的羅馬拼音

平假名 ⑫

no.ri.te.n.pu.ra
のりてんぷら

chi.ku.wa.te.n.pu.ra
ちくわてんぷら

i.ka.te.n.pu.ra
いかてんぷら

の	の	り	り	て	て	ん	ん	ぷ
no		ri		te		n		pu

ぷ	ら	ら	の	り	て	ん	ぷ	ら
	ra							

ち	ち	く	く	わ	わ	ち	く	わ
chi		ku		wa				

て	ん	ぷ	ら	い	い	か	か	い	か	て	ん
					i		ka				

| ぷ | ら | の | り | ち | く | わ | い | か | ち | く | わ |

練習寫出下列羅馬拼音的平假名

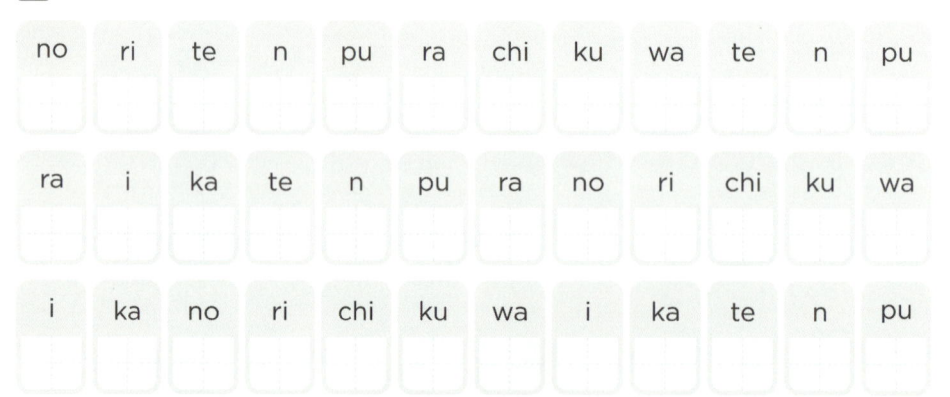

| no | ri | te | n | pu | ra | chi | ku | wa | te | n | pu |

| ra | i | ka | te | n | pu | ra | no | ri | chi | ku | wa |

| i | ka | no | ri | chi | ku | wa | i | ka | te | n | pu |

no.ri te.n.pu.ra
海苔 天婦羅
海苔天婦羅
のりてんぷら

chi.ku.wa te.n.pu.ra
竹輪 天婦羅
竹輪天婦羅
ちくわてんぷら

i.ka te.n.pu.ra
花枝 天婦羅
花枝天婦羅
いかてんぷら

✏️ 練習寫出下列平假名的羅馬拼音

平假名 ⑬
to.n.ka.tsu.be.n.to.u
とんかつべんとう
sa.ba.be.n.to.u
さばべんとう
ya.ki.ni.ku.be.n.to.u
やきにくべんとう

と と ん ん か か つ つ と
to   n   ka   tsu

ん か つ べ べ ん と う う
         be   u

さ さ ば ば さ ば べ ん と
sa   ba

う や や き き に に く く や き に
   ya   ki   ni   ku

く べ ん と う さ ば や き に く べ

✏️ 練習寫出下列羅馬拼音的平假名

to   n   ka   tsu   be   n   to   u   sa   ba   be   n

to   u   ya   ki   ni   ku   be   n   to   u   to   n

ka   tsu   sa   ba   ya   ki   ni   ku   to   n   ka   tsu

to.n.ka.tsu be.n.to.u	sa.ba be.n.to.u	ya.ki.ni.ku be.n.to.u
豬排便當	鯖魚便當	烤肉便當

到現在為止學過的平假名 (ひらがな)

請試著在下方空白處填上至今為止學過的平假名吧。

a	i	u	e	o
ka	ki	ku	ke	ko
sa	shi	su	se	so
ta	chi	tsu	te	to
na	ni	nu	ne	no
ha	hi	fu	he	ho
ma	mi	mu	me	mo
ya		yu		yo
ra	ri	ru	re	ro
wa			wo	n

✏️ 練習寫出下列片假名的羅馬拼音

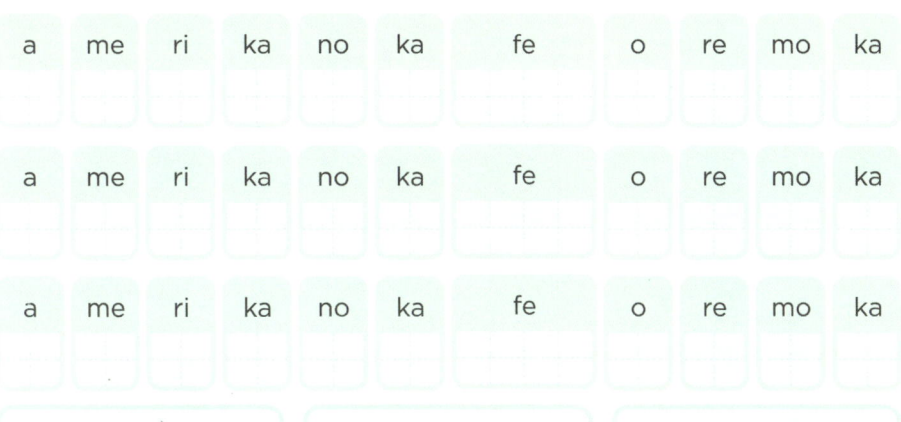

片假名 ❶							
a.me.ri.ka.no アメリカノ	ア a	ア	メ me	メ	ア	リ ri	リ	カ ka
ka.fe.o.re カフェオレ	カ	ア	メ	リ	カ	ノ no	ノ	フ fu	フ
ka.fe.mo.ka カフェモカ	エ e	エ	フェ fe	フェ	オ o	オ	レ re

| レ | カ | フェ | オ | レ | モ mo | モ | カ | フェ | モ |

| カ | カ | フェ | オ | レ | カ | フェ | モ | カ | ノ |

✏️ 練習寫出下列羅馬拼音的片假名

a	me	ri	ka	no	ka	fe	o	re	mo	ka
a	me	ri	ka	no	ka	fe	o	re	mo	ka
a	me	ri	ka	no	ka	fe	o	re	mo	ka

a.me.ri.ka.no★
一 美式咖啡 一
美式咖啡

ka.fe.o.re
一 咖啡歐蕾 一
咖啡歐蕾

ka.fe.mo.ka
一 摩卡咖啡 一
摩卡咖啡

★ 在日本比起 " アメリカノ " 更常用 " アメリカン "

✏️ 練習寫出下列片假名的羅馬拼音

片假名 ❷
ka.ni.cha.-.ha.n
カニチャーハン
e.bi.cha.-.ha.n
エビチャーハン
e.bi.ma.yo.cha.-.ha.n
エビマヨチャーハン

カ	カ	ニ	ニ	カ	ニ	チ	チ	ヤ
ka		ni				chi		ya

ヤ	チャ	チャ	ハ	ハン	ン
	cha		ha		n

カ	ニ	チャ	ハン	エ	ビ
				e	bi

ビ	マ	ヨ	ヨ	エ	ビ	マ	ヨ	チャ	ハ
	ma		yo						

| ン | カ | ニ | エ | ビ | マ | ヨ | チャ | ハ | ン |

✏️ 練習寫出下列羅馬拼音的片假名

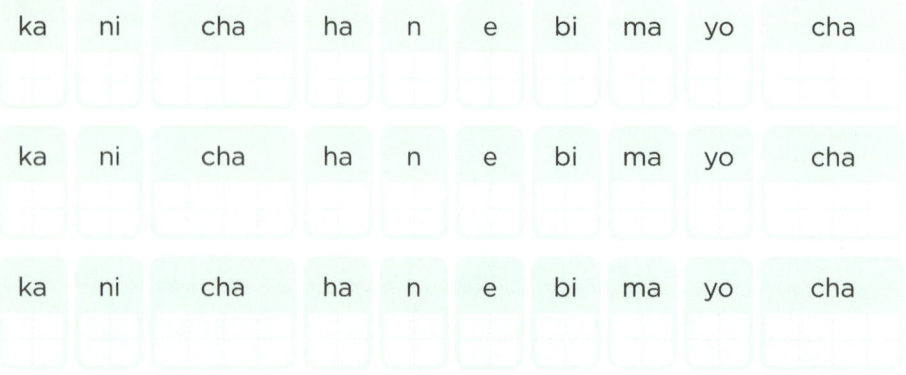

ka	ni	cha	ha	n	e	bi	ma	yo	cha
ka	ni	cha	ha	n	e	bi	ma	yo	cha
ka	ni	cha	ha	n	e	bi	ma	yo	cha

ka.ni cha.-.ha.n
蟹肉 炒飯
蟹肉炒飯

e.bi cha.-.ha.n
蝦仁 炒飯
蝦仁炒飯

e.bi.ma.yo cha.-.ha.n
蝦 美乃滋 炒飯
美乃滋蝦仁炒飯

カニチャーハン
エビチャーハン
エビマヨチャーハン

✏️ 練習寫出下列片假名的羅馬拼音

片假名 ❸
u.i.su.ki.- ウイスキー
wo.k.ka ウォッカ
bi.-.ru ビール

ウ　ウ　イ　イ　ス　ス　キ　キ　ウ
u　　　i　　　su　　　ki

イ　ス　キ　ウ　ウ　オ　オ　ウォ
　　　　　　　　　o　　　　wo

ウォ　ツ　ツ　ウォッ　ウォッ　カ
　　　tsu　　　wo.k　　　　ka

カ　ウォッ　カ　ビ　ビ　ル　ル　ビ　ル　ビ　ル
　　　　　　　bi　　　ru

ウォッ　カ　ウ　イ　ス　キ　ウォッ　カ　ビ　ル

✏️ 練習寫出下列羅馬拼音的片假名

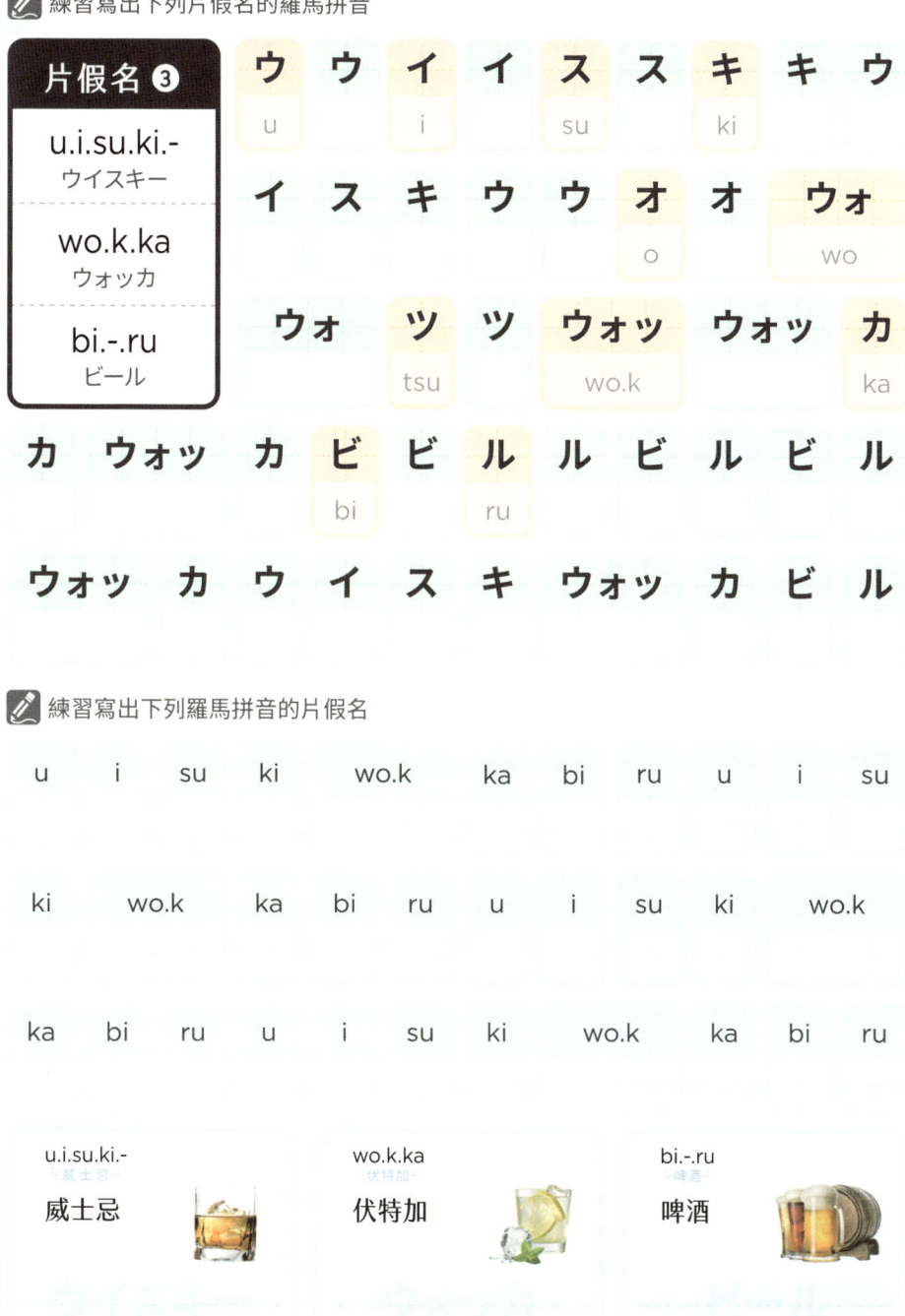

u　　i　　su　　ki　　wo.k　　ka　　bi　　ru　　u　　i　　su

ki　　wo.k　　ka　　bi　　ru　　u　　i　　su　　ki　　wo.k

ka　　bi　　ru　　u　　i　　su　　ki　　wo.k　　ka　　bi　　ru

| u.i.su.ki.-
威士忌
威士忌 | wo.k.ka
伏特加
伏特加 | bi.-.ru
啤酒
啤酒 |

2 用食物的名字來記住吧 平假名 片假名　45

到現在為止學過的片假名 (カタカナ)

請試著在下方空白處填上至今為止學過的片假名吧。

a	i	u	e	o
	イ	ウ		

ka	ki	ku	ke	ko
	キ	ク	ケ	コ

sa	shi	su	se	so
サ	シ	ス	セ	ソ

ta	chi	tsu	te	to
タ	チ		テ	ト

na	ni	nu	ne	no
ナ		ヌ	ネ	

ha	hi	fu	he	ho
ハ		フ	ヘ	ホ

ma	mi	mu	me	mo
	ミ	ム		

ya		yu		yo
		ユ		ヨ

ra	ri	ru	re	ro
ラ			レ	ロ

wa			wo	n
ワ			ヲ	ン

46

✏️ 練習寫出下列片假名的羅馬拼音

片假名 ❹	レ	レ	モ	モ	ネ	ネ	ド	ド	レ
	re		mo		ne		do		

re.mo.ne.-.do
レモネード

ra.i.mu.so.-.da
ライムソーダ

ba.na.na.so.-.da
バナナソーダ

モ	ネ	ド	ラ	ラ	イ	イ	ム	ム
			ra		i		mu	

ソ	ソ	ダ	ダ	ラ	イ	ム	ソ	ダ
so		da						

バ	バ	ナ	ナ	バ	ナ	ナ	ソ	ダ	レ	モ	ネ
ba		na									

| ド | ラ | イ | ム | ソ | ダ | バ | ナ | ナ | ソ | ダ | レ |

✏️ 練習寫出下列羅馬拼音的片假名

| re | mo | ne | do | ra | i | mu | so | da | ba | na | na |

| so | da | re | mo | ne | do | ra | i | mu | so | da | ba |

| na | na | so | da | re | mo | ne | do | ra | i | mu | so |

re.mo.ne.-.do
檸檬水

ra.i.mu so.-.da
萊姆蘇打

ba.na.na so.-.da
香蕉蘇打

2 用食物的名字來記住吧 平假名 片假名 47

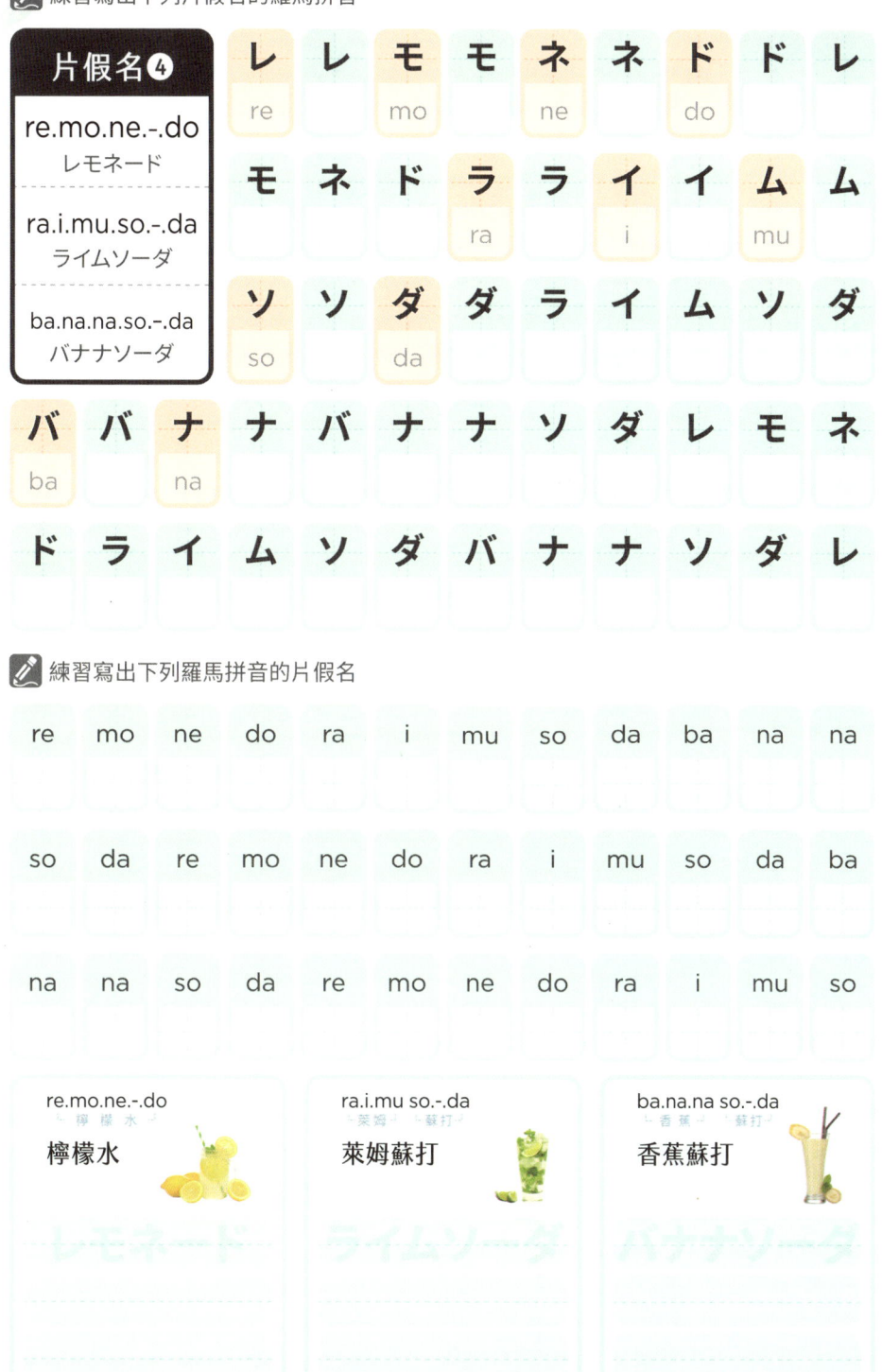

✏️ 練習寫出下列片假名的羅馬拼音

片假名 ⑤
i.chi.go.pa.ru.fe
イチゴパルフェ
fu.ru.-.tsu.ta.ru.to
フルーツタルト
wa.f.fu.ru
ワッフル

イ	イ	チ	チ	ゴ	ゴ	パ	パ	ル
i		chi		go		pa		ru

ル	フェ	フェ	イ	ゴ	パ
	fe				

ル	フェ	フ	フ	ル	ツ	ツ	タ
		fu			tsu		ta

タ	ト	ト	フ	ル	ツ	タ	ル	ト	ワ	ツ
	to								wa	

ツ	ワッ	ワッ	ワッ	フ	ル	イ	チ	ゴ
	wa.f							

✏️ 練習寫出下列羅馬拼音的片假名

i	chi	go	pa	ru	fe	fu	ru	tsu	ta	ru

to	wa.f	fu	ru	i	chi	go	pa	ru	fe

fu	ru	tsu	ta	ru	to	wa.f	fu	ru	i	chi

---

i.chi.go pa.ru.fe
草莓 聖代
草莓聖代
イチゴパルフェ

fu.ru.-.tsu ta.ru.to
水果 塔
水果塔
フルーツタルト

wa.f.fu.ru
鬆餅
鬆餅
ワッフル

★ 在日本比起パルフェ更常稱為パフェ。

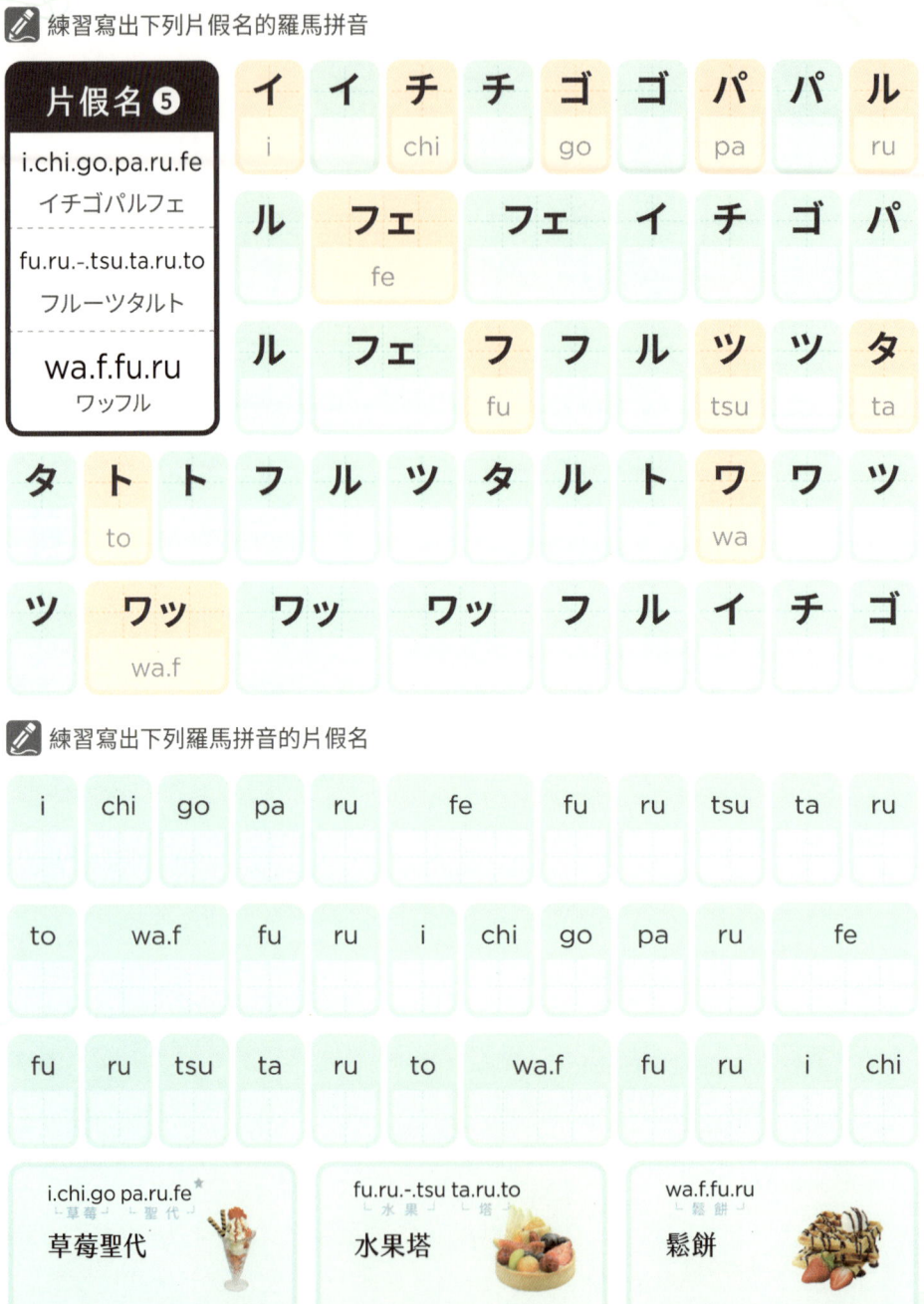

✏️ 練習寫出下列片假名的羅馬拼音

片假名 ❻
cha.-.shu.-.ra.-.me.n
チャーシューラーメン
ne.gi.ra.-.me.n
ネギラーメン
gyo.-.za
ギョーザ

チ	チ	ヤ	ヤ	チャ	チャ	シ
chi		ya		cha		shi

シ	ユ	ユ	シュ	シュ	ラ	ラ
	yu		shu		ra	

メ	メ	ン	ン	チャ	シュ	ラ
me		n				

メン	ネ	ネ	ギ	ギ	ネギ	ラメン	ギ
	ne		gi				

ギ	ヨ	ヨ	ギョ	ギョ	ザ	ザ	ギョ	ザ
	yo		gyo		za			

✏️ 練習寫出下列羅馬拼音的片假名

| cha | shu | ra | me | n | ne | gi | ra | me | n |

| gyo | za | cha | shu | ra | me | n | ne | gi |

| ra | me | n | gyo | za | cha | shu | ra | me |

cha.-.shu.- ra.-.me.n
～叉燒～ ～拉麵～
叉燒拉麵

ne.gi ra.-.me.n
～蔥～ ～拉麵～
蔥花拉麵

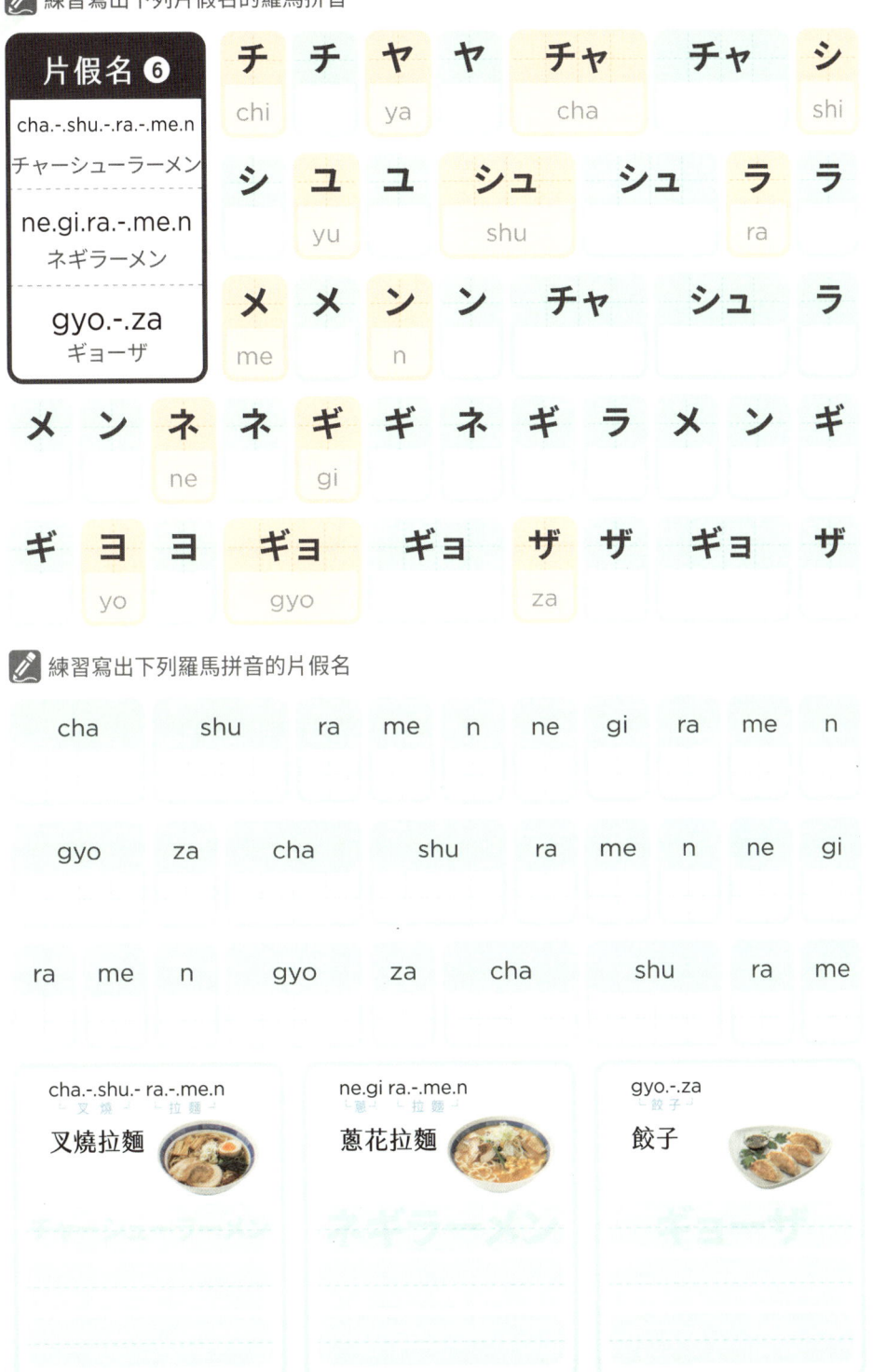

gyo.-.za
～餃子～
餃子

到現在為止學過的片假名 (カタカナ)

請試著在下方空白處填上至今為止學過的片假名吧。

a	i	u	e	o
ア		ウ	エ	オ

ka	ki	ku	ke	ko
カ		ク	ケ	コ

sa	shi	su	se	so
		ス	セ	

ta	chi	tsu	te	to
		ツ	テ	

na	ni	nu	ne	no
	ニ	ヌ		ノ

ha	hi	fu	he	ho
ハ	ヒ		ヘ	ホ

ma	mi	mu	me	mo
マ	ミ		メ	モ

ya		yu		yo
ヤ				ヨ

ra	ri	ru	re	ro
	リ	ル		ロ

wa			wo	n
			ヲ	ン

練習寫出下列片假名的羅馬拼音

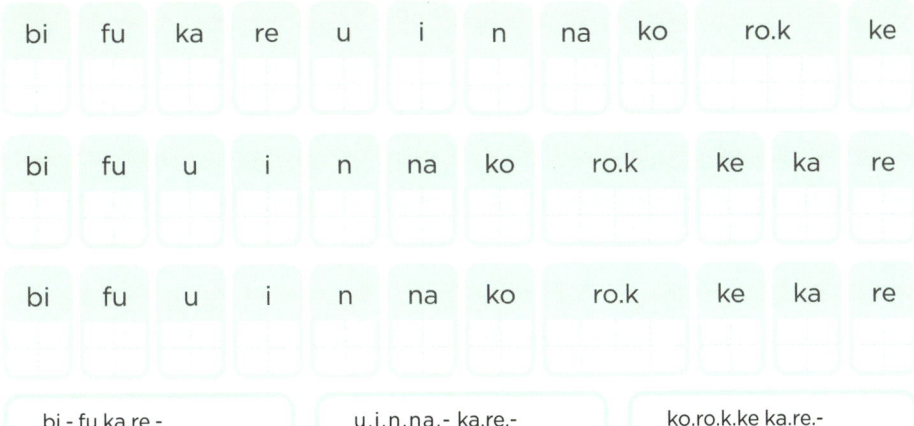

片假名 ❼

bi.-.fu.ka.re.-
ビーフカレー

u.i.n.na.-.ka.re.-
ウインナーカレー

ko.ro.k.ke.ka.re.-
コロッケカレー

ビ	ビ	フ	フ	カ	カ	レ	レ	ビ
bi		fu		ka		re		

フ	カ	レ	ウ	ウ	イ	イ	ン	ン
			u		i		n	

ナ	ナ	ウ	イ	ン	ナ	カ	レ	コ
na								ko

コ	ロ	ロ	ツ	ツ	ロッ	ロッ	ケ	コ
	ro		tsu		ro.k		ke	

ロッ	ケ	カ	レ	ビ	フ	ウ	イ	ン	ナ	コ

練習寫出下列羅馬拼音的片假名

| bi | fu | ka | re | u | i | n | na | ko | ro.k | ke |

| bi | fu | u | i | n | na | ko | ro.k | ke | ka | re |

| bi | fu | u | i | n | na | ko | ro.k | ke | ka | re |

---

bi.-.fu ka.re.-
牛肉　咖哩
牛肉咖哩

u.i.n.na.- ka.re.-
維也納香腸　咖哩
香腸咖哩

ko.ro.k.ke ka.re.-
可樂餅　咖哩
可樂餅咖哩

練習寫出下列片假名的羅馬拼音

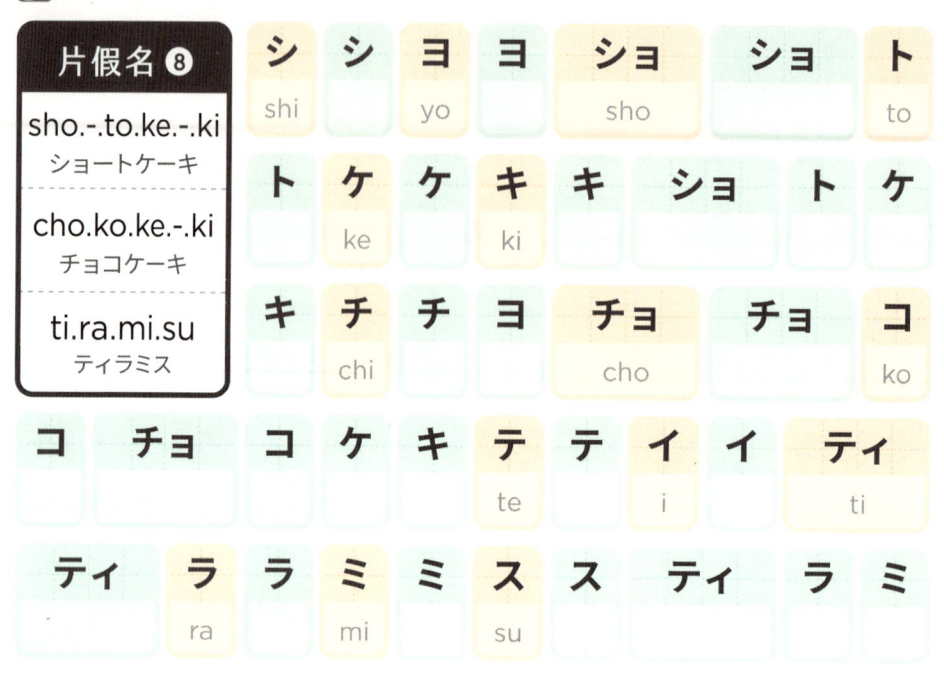

片假名 ⑧

- sho.-.to.ke.-.ki
  ショートケーキ
- cho.ko.ke.-.ki
  チョコケーキ
- ti.ra.mi.su
  ティラミス

シ shi	シ	ヨ yo	ヨ	ショ sho	ショ	ト to
ト	ケ ke	ケ	キ ki	キ	ショ	ト ケ
キ	チ chi	チ	ヨ	チョ cho	チョ	コ ko
コ	チョ	コ	ケ	キ	テ te	テ	イ i	ティ ti
ティ	ラ ra	ラ	ミ mi	ミ	ス su	ス	ティ	ラ	ミ

練習寫出下列羅馬拼音的片假名

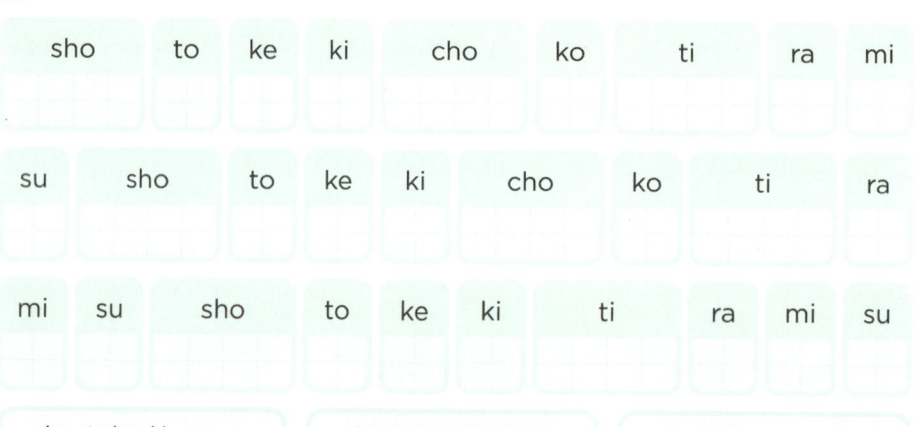

sho	to	ke	ki	cho	ko	ti	ra	mi
su	sho	to	ke	ki	cho	ko	ti	ra
mi	su	sho	to	ke	ki	ti	ra	mi	su

sho.-.to ke.-.ki
奶油 蛋糕
草莓蛋糕

cho.ko ke.-.ki
巧克力 蛋糕
巧克力蛋糕

ti.ra.mi.su
提拉米蘇
提拉米蘇

✏️ 練習寫出下列片假名的羅馬拼音

片假名 ❾	カ	カ	ル	ル	ボ	ボ	ナ	ナ	ラ
ka.ru.bo.na.-.ra カルボナーラ	ka		ru		bo		na		ra

	ラ	カ	ル	ボ	ナ	ラ	ペ	ペ	ロ
pe.pe.ro.n.chi.-.no ペペロンチーノ							pe		ro

	ロ	ン	ン	チ	チ	ノ	ノ	ペ	ペ
wa.i.n ワイン		n			chi		no		

ロ ン チ ノ ワ ワ イ イ ワ イ ン カ
　　　　　　　　　wa　　　i

ル ボ ナ ラ カ ペ ペ ロ ン チ ノ ワ

✏️ 練習寫出下列羅馬拼音的片假名

ka　ru　bo　na　ra　pe　pe　ro　n　chi　no　wa

i　n　ka　ru　bo　na　ra　pe　pe　ro　n　chi

no　wa　i　n　ka　ru　bo　na　ra　pe　pe　ro

---

ka.ru.bo.na.-.ra
奶油培根義大利麵
奶油培根
義大利麵

pe.pe.ro.n.chi.-.no
紅辣椒
紅辣椒

wa.i.n
紅酒
紅酒

2 用食物的名字來記住吧 平假名 片假名　53

練習寫出下列片假名的羅馬拼音

片假名 ⑩									
ha.n.ba.-.gu.su.te.-.ki ハンバーグステーキ	ハ ha	ハ	ン n	ン	バ ba	バ	グ gu	グ	ス su
se.sa.mi.sa.ra.da セサミサラダ	ス	テ te	テ	キ ki	キ	ハ	ン	バ	グ
ko.-.n.su.-.pu コーンスプ	ス	テ	キ	セ se	セ	サ sa	サ	ミ mi	ミ
	サ	ラ ra	ラ	ダ da	ダ	セ	サ	ミ	サ	ラ	ダ	コ ko
	コ	ン	ス	プ pu	プ	コ	ン	ス	プ	セ	サ	ミ

練習寫出下列羅馬拼音的片假名

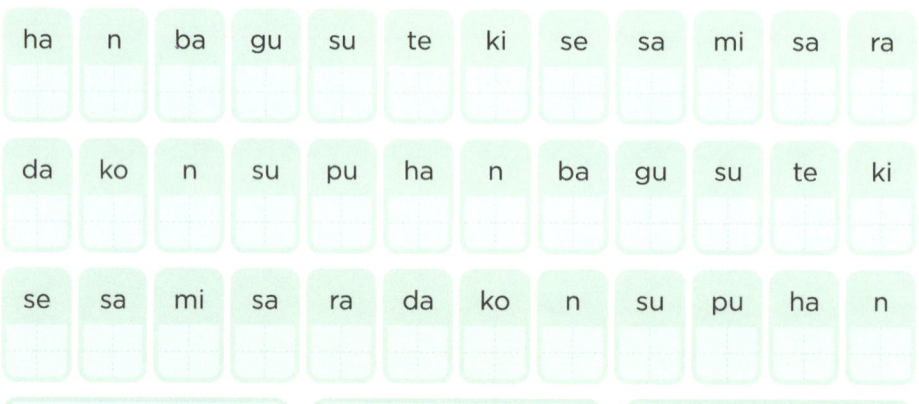

ha	n	ba	gu	su	te	ki	se	sa	mi	sa	ra
da	ko	n	su	pu	ha	n	ba	gu	su	te	ki
se	sa	mi	sa	ra	da	ko	n	su	pu	ha	n

ha.n.ba.-.gu su.te.-.ki
└漢堡┘ └排餐┘
漢堡排

se.sa.mi sa.ra.da
└芝麻┘ └沙拉┘
芝麻沙拉

ko.-.n su.-.pu
└玉米┘ └湯┘
玉米濃湯

ハンバーグステーキ

セサミサラダ

コーンスプ

✏️ 練習寫出下列片假名的羅馬拼音

片假名 ⑪
chi.-.zu.ba.-.ga.- チーズバーガー
te.ri.ya.ki.ba.-.ga.- テリヤキバーガー
fu.ra.i.do.po.te.to フライドポテト

チ	チ	ズ	ズ	バ	バ	ガ	ガ	チ
chi		zu		ba		ga		

ズ	バ	ガ	テ	テ	リ	リ	ヤ	ヤ
			te		ri		ya	

キ	キ	テ	リ	ヤ	キ	バ	ガ	フ
ki								fu

フ	ラ	ラ	イ	イ	ド	ド	ポ	ポ	テ	ト	ト
	ra		i		do		po			to	

| フ | ラ | イ | ド | ポ | テ | ト | チ | ズ | バ | ガ | テ |

✏️ 練習寫出下列羅馬拼音的片假名

| chi | zu | ba | ga | te | ri | ya | ki | ba | ga | fu | ra |

| i | do | po | te | to | chi | zu | ba | ga | te | ri | ya |

| ki | ba | ga | fu | ra | i | to | po | te | to | chi | zu |

chi.-.zu ba.-.ga.-
└ 起司 ┘└ 漢堡 ┘
起司漢堡

te.ri.ya.ki ba.-.ga.-
└ 照燒 ┘└ 漢堡 ┘
照燒漢堡

fu.ra.i.do po.te.to
└ 炸 ┘└ 薯條 ┘
炸薯條

到現在為止學過的片假名（カタカナ）

請試著在下方空白處填上至今為止學過的片假名吧。

a ア	i イ	u	e エ	o オ
ka カ	ki キ	ku	ke	ko
sa サ	shi シ	su	se	so ソ
ta タ	chi チ	tsu ツ	te	to ト
na ナ	ni ニ	nu ヌ	ne ネ	no ノ
ha	hi ヒ	fu フ	he	ho
ma マ	mi	mu ム	me メ	mo モ
ya ヤ		yu ユ		yo
ra ラ	ri リ	ru ル	re レ	ro
wa ワ			wo ヲ	n

✏️ 練習寫出下列片假名的羅馬拼音

片假名 ⑫						
be.-.ko.n.pi.za ベーコンピザ						
po.te.to.pi.za ポテトピザ						
ma.ru.ge.ri.-.ta マルゲリータ						

ベ	ベ	コ	コ	ン	ピ	ピ	ザ
be		ko		n	pi		za

ザ	ベ	コ	ン	ピ	ザ	ポ	ポ	テ
						po		te

テ	ト	ト	ポ	テ	ト	ピ	ザ	マ
	to							ma

マ	ル	ル	ゲ	ゲ	リ	リ	タ	タ	サ	ラ	ダ
	ru		ge		ri			ta			

リ タ ベ コ ン ポ テ ト マ ル ゲ リ

✏️ 練習寫出下列羅馬拼音的片假名

be　ko　n　pi　za　po　te　to　pi　za　ma　ru

ge　ri　ta　be　ko　n　pi　za　po　te　to　pi

za　ma　ru　ge　ri　ta　be　ko　n　po　te　to

be.-.ko.n pi.za 培根　披薩 **培根披薩**	po.te.to pi.za 馬鈴薯　披薩 **馬鈴薯披薩**	ma.ru.ge.ri.-.ta 瑪格麗特　披薩 **瑪格麗特披薩**
ベーコンピザ	ポテトピザ	マルゲリータ

2 用食物的名字來記住吧 平假名 片假名

練習寫出下列片假名的羅馬拼音

片假名 ❾

ka.p.pu.nu.-.do.ru
カップヌードル

i.chi.go.ja.mu
イチゴジャム

カ	カ	ツ	ツ	カ	カッ	カップ	プ
ka		tsu		ka.p			pu

プ	ヌ	ヌ	ド	ド	ル	ル	カッ
	nu		do		ru		

プ	ヌ	ド	ル	イ	イ	チ	チ	ゴ
				i		chi		go

ゴ	ジ	ジ	ヤ	ヤ	ジャ	ジャ	ム	ム	イ
	ji		ya		ja			mu	

| チ | ゴ | ジャ | ム | カッ | プ | ヌ | ド | ル | イ |

練習寫出下列羅馬拼音的片假名

ka.p	pu	nu	do	ru	i	chi	go	ja	mu
ka.p	pu	nu	do	ru	i	chi	go	ja	mu
ka.p	pu	nu	do	ru	i	chi	go	ja	mu

ka.p.pu nu.-.do.ru
└杯子┘└麺┘
杯麵

カップヌードル

i.chi.go ja.mu
└草莓┘└果醬┘
草莓醬

イチゴジャム

到現在為止學過的片假名 (カタカナ)

✏️ 請試著在下方空白處填上至今為止學過的片假名吧。

a	i	u	e	o
ka	ki	ku	ke	ko
sa	shi	su	se	so
ta	chi	tsu	te	to
na	ni	nu	ne	no
ha	hi	fu	he	ho
ma	mi	mu	me	mo
ya		yu		yo
ra	ri	ru	re	ro
wa			wo	n

3

尋找美味的餐廳

HiraGata_jp

#推薦餐廳

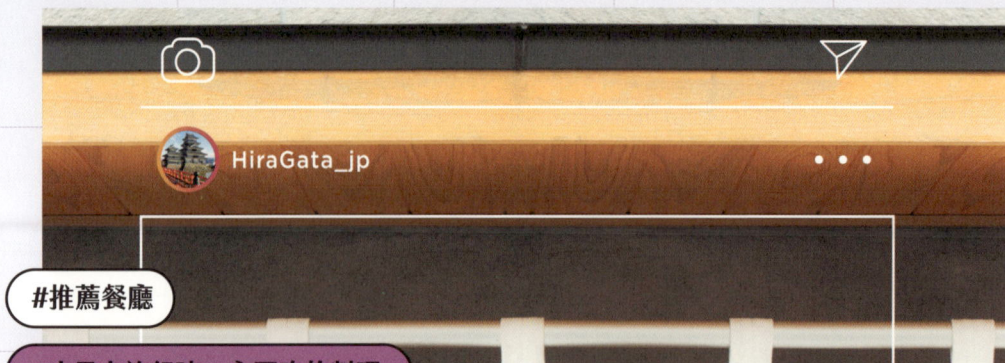

#去日本旅行時一定要吃的料理

#預約

#一般餐廳

#專賣店

尋找美味的餐廳

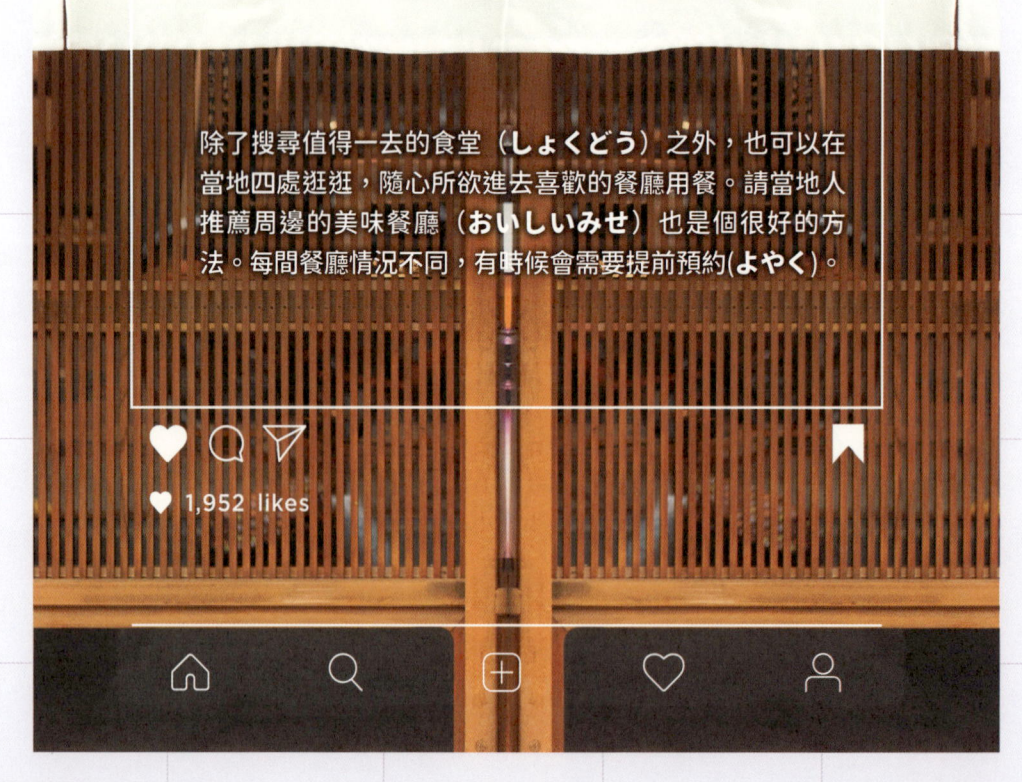

除了搜尋值得一去的食堂（しょくどう）之外，也可以在當地四處逛逛，隨心所欲進去喜歡的餐廳用餐。請當地人推薦周邊的美味餐廳（おいしいみせ）也是個很好的方法。每間餐廳情況不同，有時候會需要提前預約(よやく)。

1,952 likes

#推薦餐廳

A: 可以推薦好吃的餐廳給我嗎?
いい しょくどうを おすすめしてくれませんか?
i.i. sho.ku.do.u.o. o.su.su.me.shi.te.ku.re.ma.se.n.ka?

B: 想吃怎樣的料理呢?
どんな たべものですか?
do.n.na. ta.be.mo.no.de.su.ka?

A: 麵食料理。
めん りょうりです。
me.n. ryo.u.ri.de.su

迴轉壽司。
かいてんずしです。
ka.i.te.n.zu.shi.de.su

附近的餐廳。
ここから ちかい ところです。
ko.ko.ka.ra. chi.ka.i. to.ko.ro.de.su

便宜的地方。
やすい ところです。
ya.su.i. to.ko.ro.de.su

#預約

A: 我想預約七點兩位。
しちじに ふたり、よやくしたいです。
shi.chi.ji.ni. fu.ta.ri. yo.ya.ku. shi.ta.i.de.su.

～完成預約後前往餐廳～

B: 請問有預約嗎?
よやくは なさいましたか?
yo.ya.ku.wa. na.sa.i.ma.shi.ta.ka?

A: 有,預約7點,我姓○○。
はい。しちじの○○です。
ha.i. shi.chi.ji.no.○○de.su

#去日本旅行時一定要吃的料理

| 壽司 すし su.shi | 蕎麥麵 そば so.ba | 烏龍麵 うどん u.do.n | 三角飯糰 おにぎり o.ni.gi.ri | 拉麵 ラーメン ra.-.me.n |

| 御好燒 おこのみやき o.ko.no.mi.ya.ki | 鍋物料理 なべ na.be | 關東煮 おでん o.de.n | 天婦羅 てんぷら te.n.pu.ra | 定食 ていしょく te.i.sho.ku |

| 章魚燒 たこやき ta.ko.ya.ki | 咖哩飯 カレーライス ka.re.-.ra.i.su | 燒肉 やきにく ya.ki.ni.ku | 布丁 プリン pu.ri.n | 丼飯 どんぶり do.n.bu.ri |

3 尋找美味的餐廳 63

ふだ 立牌

營業前・準備中

準備中 ju.n.bi.chu.u
支度中 shi.ta.ku.chu.u

營業中

営業中 e.i.gyo.u.chu.u
商い中 a.ki.na.i.chu.u

*商いa.ki.na.i：做生意

走在街上若發現感興趣的餐廳，看看放在外面的立牌（ふだ）就可以知道營業時間。

#一般餐廳

1. 食堂 sho.ku.do.u：食堂

在日本隨處可見食堂。沒有特定菜單，而是提供咖哩、蛋包飯、丼飯、定食等各種日式家常料理。

2. ファストフード fa.su.to.fu.-.do：速食

可快速簡單解決一餐的好地方。有我們熟悉的傳統速食麥當勞、儂特利等，而牛丼、拉麵、飯糰等也被歸類為速食，因為這類食物大部分在點餐後3分鐘內就可以取餐。

#モスバーガー 摩斯漢堡
#KFC

#**マクドナルド** 麥當勞

麥當勞在東京簡稱為マック (ma.k.ku)，在大阪則簡稱為マクド (ma.ku.do)。

#**ロッテリア** 儂特利 LOTTERIA

台灣只剩一間分店，日本儂特利分店數多且有很多不同的餐點。

#**すき家** Sukiya　#**松屋** Matsuya　#**吉野家** Yoshinoya

日本3大牛丼連鎖店。

3.ファミレス　fa.mi.re.su：家庭餐廳

雖然被稱為餐廳，但在日本**ファミレス**通常被當成舒適的咖啡廳。學生們會在那裡念書或和朋友長時間聚會聊天，若是一家人前往則會以實惠的價格享受美食。

#**サイゼリヤ** 薩莉亞

價格便宜，是日本的平價義式美食天堂。

#**ガスト** Gusto

比薩莉亞稍貴且高級的餐廳，特色是可以在不同時段品嚐到不同的料理。

#**デニーズ** Denny's

價格較其他家庭餐廳貴一點，早餐和甜點很有名。

3 尋找美味的餐廳　65

4.カフェ　ka.fe：咖啡廳

日本咖啡廳原本以中老年人為主要對象，喫茶店文化興盛。但現在以年輕女性為主要客群的普通咖啡廳，如星巴克、Tully's.Coffee等，已經成為普遍的主流文化。

喫茶店：這是一種具有復古茶館氛圍的咖啡廳兼餐廳。通常簡稱為「喫茶」。這種店提供吧台和座位區，老闆或服務生會把飲料和餐點送到客人的座位。

#スターバックス　Starbucks
這個品牌在日本和台灣都一樣非常受到歡迎。

#タリーズコーヒー　Tully's Coffee
源自於美國的咖啡品牌。

#ドトールコーヒーショップ　Doutor Coffee
羅倫多咖啡，CP值很高的咖啡廳。

#コメダ珈琲店　Komeda Coffee
名古屋最著名的喫茶店，早晨限定的早餐套餐很有名。

5.居酒屋　i.za.ka.ya：居酒屋

小酒館，是一種供應各種酒類，如清酒、啤酒、Highball等，並供應簡單料理的餐廳。台灣也有這種類型的酒館。

#ミライザカ　Miraizaka
未來居酒屋，CP值高，適合輕鬆地光顧。

#魚民　魚民
氛圍安靜，提供多樣化的菜單選擇。

#磯丸水産　磯丸水産
專賣海鮮的居酒屋。

特定料理專賣店的名字，後面通常會加上「屋」（や）字。

例如壽司屋（su.shi.ya）、ラーメン屋（ra.-.me.n.ya）、牛丼屋（gyu.do.n.ya）等等。

#專賣店

壽司 su.shi

壽司是世界知名的日本代表性食物之一。依據製作方法不同，而有各種各樣不同的壽司，但現在販售的壽司大多數都是在加了醋、糖、鹽的米飯上，放一片生魚片的にぎり壽司 ni.gi.ri.zu.shi。

#すしざんまい 壽司三昧
雖然價格比較高，但品質也很高。

#スシロー 壽司郎
CP值高的迴轉壽司店。

#くら寿司 藏壽司
曾以100日圓壽司而聞名的壽司店。

3 尋找美味的餐廳 67

2.ラーメン ra.-.me.n：拉麵

拉麵是日本的代表性食物之一。由於各地區的烹調方法略有不同，使用的食材種類也相當多，因此味道的差異度非常廣。札幌的味噌拉麵、喜多方的醬油拉麵和博多的豚骨拉麵被稱為日本三大拉麵。其中以博多的豚骨拉麵在世界上最為知名。

#一蘭ラーメン 一蘭拉麵
可謂「日本拉麵」之代表店家。以像自習室一樣有隔板的座位而聞名。

#一風堂ラーメン 一風堂拉麵
與一蘭拉麵齊名，是海外最有名的拉麵連鎖店。

#博多一幸舍 博多一幸舍
濃郁泡系豚骨拉麵，也可以品嚐到加入辣味的赤拉麵。

3 尋找美味的餐廳

HiraGata_jp

#進入餐廳

#點餐

#日本的時間表達（分鐘）

進入餐廳

進入餐廳時，會聽到服務生熱情的大喊「歡迎光臨」（いらっしゃいませ i.ra.s.sha.i.ma.se）。如果客人很多需要等待時，可以詢問需要等待多久。天氣好想坐在窗邊（まどべ ma.do.be）或陽台（テラス te.ra.su）的位置時，也可以向服務員提出請求。

1,584 likes

#入店

B: 歡迎光臨,請問幾位呢?
いらっしゃいませ。なんめいさまですか?
i.ra.s.sha.i.ma.se. na.n.me.i.sa.ma.de.su.ka?

A: 4位。
よにんです。
yo.ni.n.de.su

B: 現在已經客滿了,需要等待一下。可以嗎?
いま まんせきですので、またなければならないですけど よろしいですか?
i.ma. ma.n.se.ki.de.su.no.de. ma.ta.na.ke.re.ba.na.ra.na.i.de.su.ke.do. yo.ro.shi.i.de.su.ka?

A: 要等多久呢?
どのぐらい かかりますか? *也適用於詢問料理所需時間。
do.no.gu.ra.i. ka.ka.ri.ma.su.ka?

B: 大概20分鐘左右,可以嗎?
にじゅっぷんぐらい かかると おもいます。よろしいですか?
ni.ju.p.pu.n.gu.ra.i. ka.ka.ru.to. o.mo.i.ma.su. yo.ro.shi.i.de.su.ka?

可以坐吧檯嗎?
カウンターせきでも よろしいですか?
ka.u.n.ta.-.se.ki.de.mo. yo.ro.shi.i.de.su.ka?

A: 沒關係。　　　　　　我下次再來。
だいじょうぶです。　またきます。
da.i.jo.u.pu.de.su　　ma.ta.ki.ma.su.

B: 那麼請在這裡稍等一下。
では、こちらで おまちください。
de.wa, ko.chi.ra.de. o.ma.chi.ku.da.sa.i.

A: 不好意思,我可以進去等嗎?
あの、なかで まっても いいですか?
a.no, na.ka.de. ma.t.te.mo. i.i.de.su.ka?

B: 讓您久等了。　　　　這邊請。　　　　　請坐這裡。
おまたせしました。　こちらへ どうぞ。　こちらに おすわりください。
o.ma.ta.se.shi.ma.shi.ta.　ko.chi.ra.e. do.u.zo.　ko.chi.ra.ni. o.su.wa.ri.ku.da.sa.i.

A: 請給我靠窗的座位。　　　　　請給我戶外陽台的座位。
まどべで おねがいします。　テラスで おねがいします。
ma.do.be.de. o.ne.ga.i.shi.ma.su.　te.ra.su.de. o.ne.ga.i.shi.ma.su.

請給我吸菸區的座位。　　　　　請給我禁菸區的座位。
きつえんせきで おねがいします。　きんえんせきで おねがいします。
ki.tsu.e.n.se.ki.de. o.ne.ga.i.shi.ma.su.　ki.n.e.n.se.ki.de. o.ne.ga.i.shi.ma.su.

請給我其他座位。　　　　　　　請給我溫暖/涼爽的座位。
ほかのせきで おねがいします。　あたたかい/すずしい せきで おねがいします。
ho.ka.no.se.ki.de. o.ne.ga.i.shi.ma.su.　a.ta.ta.ka.i/su.zu.shi.i. se.ki.de. o.ne.ga.i.shi.ma.su.

#日本的時間表達（分鐘）

1分鐘	2分鐘	3分鐘	4分鐘	5分鐘
いっぷん	にふん	さんぷん	よんぷん	ごふん
i.p.pu.n	ni.fu.n	sa.n.pu.n	yo.n.pu.n	go.fu.n

6分鐘	7分鐘	8分鐘	9分鐘	10分鐘
ろっぷん	ななふん	はっぷん	きゅうふん	じゅっぷん／じっぷん
ro.p.pu.n	na.na.fu.n	ha.p.pu.n	kyu.u.fu.n	ju.p.pu.n/ji.p.pu.n

20分鐘	30分鐘	40分鐘	50分鐘	1小時
にじゅっぷん	さんじゅっぷん はん	よんじゅっぷん	ごじゅっぷん	いちじかん
ni.ju.p.pu.n	sa.n.ju.p.pu.n/ha.n	yo.n.ju.p.pu.n	go.ju.p.pu.n	i.chi.ji.ka.n

★ 在數字後面加上"ふん(fu.n)"，如果前面有促音或撥音就讀成"ぷん(pu.n)"

#點餐

A: 請給我菜單。
メニュー ください。
me.nu.-. ku.da.sa.i.

請問有中文的菜單嗎？
ちゅうごくごの メニュー ありますか？
chu.u.go.ku.go.no. me.nu.-. a.ri.ma.su.ka?

請問有英文的菜單嗎？
えいごの メニュー ありますか？
e.i.go.no. me.nu.-. a.ri.ma.su.ka?

B: 有的，在這裡。
こちらでございます。
ko.chi.ra.de.go.za.i.ma.su.

請問廁所在哪裡呢？
トイレは どこですか？
to.i.re.wa. do.ko.de.su.ka?

★ おてあらいは どこですか？
o.te.a.ra.i.wa. do.ko.de.su.ka?

★ お手洗い o.te.a.ra.i 意思是洗手的地方，相較トイレ to.i.re（廁所），是更為正式的說法。

在日本用餐需要另外支付消費稅。最近餐廳內也會告知顧客含稅的價格。只要確認菜單上是否有含稅「税込 (ze.i.ko.mi)」字樣即可。雖然日本原本的消費稅是8%，但從2019年起提高為10%。不過根據提供的服務不同，稅率也會有所不同。在餐廳內用餐時，消費稅基本上為10%，而外帶或外送則為8%。

★ 在屋台用餐時，若有另外提供桌椅，則稅率為10%；若無則稅率為8%。

含稅 / 未含稅
ぜいこみ 税込 ze.i.ko.mi ↔ **ぜいぬき** 税抜 ze.i.nu.ki

★ 也有標記為"税込み"的情況。　★ 也有標記為"税抜き"的情況。

平日限定
へいじつげんてい 平日限定 he.i.ji.tsu. ge.n.te.i

★ 限定ke.n.de.i可以用限りka.gi.ri來替換。

銷售時間
はんばいじかん 販売時間 ha.n.-.ba.i.ji.ka.n

★ 類似的單詞有營業時間e.i. gyo.ji.ka.n。

吃到飽
たべほうだい 食べ放題 ta.be.ho.u.da.i.

★ 也稱為自助餐（バイキングba.i.ki.n.gu），根據店家而有不同的供餐方式。

吸煙區 / 禁煙區
きつえんせき 喫煙席 ki.tsu.e.n.se.ki　**きんえんせき** 禁煙席 ki.n.e.n.se.ki

★ 進入店家用餐時，有時店員會詢問想要坐禁菸區或吸菸區。

喝到飽
のみほうだい 飲み放題 no.mi.ho.u.da.i

★ 也稱為飲料吧（ドリンクバー do.ri.n.ku.ba.-.），這主要是在家庭餐廳中使用的說法。

點餐
ちゅうもん 注文 chu.u.mo.n.

★ 如果店家結構稍微複雜，請留意尋找「注文」這個漢字。例如「請在此處點餐（ご注文はこちら）」。只要認得「注文」這個漢字就不會迷路了喔。

路邊攤
やたい 屋台 ya.ta.i

★ 附有移動式屋頂的小吃攤

3 尋找美味的餐廳　73

HiraGata_jp

#點餐

#根據個人喜好調整食物的味道

#追加餐點

#要求物品

#使用餐券

在餐廳點餐

現在要準備點餐了（ちゅうもん chu.u.mu.n）。不同的餐廳可能會有不同的點餐方式。您可以按鈴（ベル be.ru）請服務員來點餐，也可以直接去櫃檯點餐結帳，或者使用自動販賣機（じはんき ji.ha.n.ki）進行點餐。在準備點餐時，請試著自信地詢問推薦菜單或根據個人口味提出要求吧。

1,943 likes

#點餐

B: 請問要點餐了嗎?
ちゅうもんされますか?
chu.u.mo.n.sa.re.ma.su.ka?

A: 有什麼推薦的餐點嗎?
おすすめの メニューは なんですか?
o.su.su.me.no. me.nu.-.wa. na.n.de.su.ka?

哪一道是最受歡迎的呢?
なにが いちばん にんきですか?
na.ni.ga. i.chi.ba.n. ni.n.ki.de.su.ka?

B: (指菜單) 是這個。
(メニューをさしながら) こちらでございます。
(me.nu.-.o.sa.shi.na.ga.ra) ko.chi.ra.de.go.za.i.ma.su.

綜合生魚片。
さしみの もりあわせでございます。
sa.shi.mi.no. mo.ri.a.wa.se.de.go.za.i.ma.su.

A: 請給我1份這個和2杯這個。
これ ひとつと、これ にはい ください。
ko.re. hi.to.tsu.to, ko.re. ni.ha.i. ku.da.sa.i.

請給我中的。
なみで ください。
na.mi.de. ku.da.sa.i.

請給我大份的。
おおもりで ください。
o.o.mo.ri.de. ku.da.sa.i.

B: 1份綜合生魚片和2杯生啤酒對嗎?
さしみの もりあわせ ひとつと、なまビール にはいで よろしいですか?
sa.shi.mi.no. mo.ri.a.wa.se. hi.to.tsu.to, na.ma.be.-.ru.ni. ha.i.de. yo.ro.shi.i.de.su.ka?

A: 是的。　不是。
はい。　いいえ。
ha.i　　i.i.e.

〜更改餐點〜

A: 你好，我想要更改餐點。
あの、ちゅうもんを へんこうしたいですけど。
a.no,.chu.u.mo.n.o. he.n.ko.u.shi.ta.i.de.su.ke.do.

請幫我取消這個。
これ、とりけしてください。
ko.re,.to.ri.ke.shi.te.ku.da.sa.i.

#根據個人喜好調整食物的味道

A: 請做得辣一點。
からくしてください。
ka.ra.ku.shi.de.ku.da.sa.i.

請不要做得太甜。
あまくないようにしてください。
a.ma.ku.na.i.yo.u.ni.shi.de.ku.da.sa.i.

這道料理裡面有小黃瓜嗎?
この りょうりに きゅうりが はいってますか?
ko.no. ryo.u.ri.ni. kyu.ri.ga. ha.i.t.te.ma.su.ka?

請不要加芥末。
わさびは ぬいてください。
wa.sa.bi.wa. nu.i.te.ku.da.sa.i.

味道的說法

好吃	好吃(強調)	不好吃
おいしい	うまい	まずい
o.i.shi.i	u.ma.i	ma.zu.i
甜	鹹	辣
あまい	しょっぱい	からい
a.ma.i	sho.p.pa.i	ka.ra.i
苦	酸	油膩
にがい	すっぱい	あぶらっこい
ni.ga.i	su.p.pa.i	a.bu.ra.k.ko.i

表達不吃的食物

芥末	小黃瓜	生薑
わさび	きゅうり	しょうが
wa.sa.bi	kyu.u.ri	sho.u.ga
桃子	甲殼類	花生
もも	こうかくるい	ピーナッツ
mo.mo	ko.u.ka.ku.ru.i	pi.-.na.t.tsu
蝦子	貝類	香菜
えび	かいるい	コリアンダー
e.bi	ka.i.ru.i	ko.ri.a.n.da.-.

3 尋找美味的餐廳

日本的餐點分量

正常份量
- なみ　na.mi
- なみもり　na.mi.mo.ri
- ふつうもり　fu.tsu.u.mo.ri

大量(雙份)
- おおもり　o.o.mo.ri

超大量
- とくもり　to.ku.mo.ri

#追加餐點

A: 請再多給我一些冰塊。
こおり もう すこし ください。
ko.o.ri. mo.u. su.ko.shi. ku.da.sa.i.

請再多給我一些湯。
しる もう すこし ください。
shi.ru. mo.u. su.ko.shi. ku.da.sa.i.

請再多給我一碗飯。
ごはんいちぜん もう すこし
ください。
go.ha.n.i.chi.ze.n. mo.u. su.ko.shi. ku.da.sa.i.

請再多給我一些熱水。
おゆ もう すこし ください。
o.yu. mo.u. su.ko.shi. ku.da.sa.i.

請再多給我一些冰水。
つめたい みず もう すこし ください。
tsu.me.ta.i. mi.zu. mo.u. su.ko.shi. ku.da.sa.i.

請再給我一人份。
いちにんまえ もう すこし ください。
i.chi.ni.n.ma.e. mo.u. su.ko.shi. ku.da.sa.i.

請再給我一杯生啤。
なまビールいっぱい もう すこし
ください。
na.ma.bi.-.ru.i.p.pa.i. mo.u. su.ko.shi. ku.da.sa.i.

#要求物品

A: 可以給我一個新的盤子嗎？
あたらしい さら くたさいますか。
a.ta.ra.shi.i. sa.ra. ku.ta.sa.i.ma.su.ka?

可以給我濕紙巾嗎？
ウェットティッシュ くたさいますか。
we.t.to.ti.s.shu. ku.ta.sa.i.ma.su.ka?

可以給我餐巾紙嗎？
ナプキン くたさいますか。
na.pu.ki.n. ku.ta.sa.i.ma.su.ka?

可以給我吸管嗎？
ストロー くたさいますか。
su.to.ro.-. ku.ta.sa.i.ma.su.ka?

可以給我筷子嗎？
はし くたさいますか。
ha.shi. ku.ta.sa.i.ma.su.ka?

可以給我湯匙嗎？
スプーン くたさいますか。
su.pu.-.n. ku.ta.sa.i.ma.su.ka?

可以給我圍裙嗎？
エプロン くたさいますか。
e.pu.ro.n. ku.ta.sa.i.ma.su.ka?

★ もらえますか? mo.ra.e.ma.su.ka?
（可以給我嗎？）

想要打包剩下的食物時
可以幫我打包嗎？
つつんでもらえますか?
tsu.tsu.n.de.mo.ra.e.ma.su.ka?

一開始就想外帶時
我要外帶。
持ち 帰りです。
o.mo.chi. ka.e.ri.de.su.

#使用餐券

食券機 sho.k.ke.n.ki：餐券機

1. 把錢放進機器裡。　★ 通常使用現金。

2. 按下想要的按鈕。即使種類相同，但口味、份量和大小都不相同，這部分請多多注意。另外，還能加海苔、雞蛋、米飯等附加食物。★ 如果不清楚可以參考圖片或從左上角開始選擇餐點。一般餐廳都會將推薦餐點放在左上方的位置。

3. 零錢未自動掉出時，請使用標有零錢「おつり o.tsu.ri」或退還「返卻 he.n.kya.ku」的按鈕或拉桿。

4. 把餐券交給員工。★ 邊遞邊說出"お願いします o.ne.ga.i.shi.ma.su"就更有禮貌了。

5. 這時候員工可能會詢問口味喜好。您有特別的偏好嗎？おこのみございますか？ o.ko.no.mi.go.za.i.ma.su.ka?

⭐⭐ **麵 めん me.n**

煮硬一點	正常	煮軟一點
かため ka.ta.me	ふつうめ fu.tsu.u.me	やわらかめ ya.wa.ra.ka.me

味道的濃度 あじの のうこうさ a.ji.no. no.u.ko.u.sa

清淡	普通	濃郁
うすくち u.su.ku.chi	ふつうめ fu.tsu.u.me	こいくち ko.i.ku.chi

油的份量 あぶらのりょう a.bu.ra.no.ryo.u

少油	正常	油多一點
すくなめ su.ku.na.me	ふつうめ fu.tsu.u.me	おおめ o.o.me

3 尋找美味的餐廳　77

HiraGata_jp

#結帳

在餐廳結帳

用餐（しょくじsho.ku.ji）結束後就準備要付錢（おかねo.ka.ne）了。和台灣一樣日本（にほんni.ho.n）通常也是需要將帳單（でんぴょうde.n.pyo.u）拿到櫃檯（カウンターka.u.n.ta.-.）結帳。有些店家可能不接受信用卡（クレジットカードku.re.ji.t.to.ka.-.do）支付，所以最好隨身攜帶現金。

1,598 likes

結帳

A: 請問要在哪結帳呢？
おかいけいは どこですか？
o.ka.i.ke.i.wa. do.ko.de.su.ka?

B: 在這邊。
あちらでございます。
a.chi.ra.de.go.za.i.ma.su.

需要幫您結帳嗎？
おかいけいしましょうか？
o.ka.i.ke.i.shi.ma.sho.u.ka?

A: 可以用刷信用卡嗎？
クレジットカードで おかいけい できますか？
ku.re.ji.t.to.ka.-.do.de. o.ka.i.ke.i.de.ki.ma.su.ka?

我要付現。
げんきんで します。
ge.n.ki.n.de.shi.ma.su.

B: 好的，總共是1萬2千日圓。
はい。ごうけい いちまん にせんえんでございます。
ha.i, go.u.ke.i. i.chi.ma.n. ni.se.n.e.n.de.go.za.i.ma.su.

A: 請幫我們分開結。
べつべつで おねがいします。
be.tsu.be.tsu.de. o.ne.ga.i.shi.ma.su.

B: 好的，找您○○日圓。
わかりました。○○えんの おかえしでございます。
wa.ka.ri.ma.shi.ta. oo.e.n.no. o.ka.e.shi.de.go.za.i.ma.su.

A: 請給我收據。
レシート ください。
re.shi.-.to. ku.da.sa.i.

★ 一般收據是指レシートre.shi.-.to，而領收書ryo.u.shu.u.sho.u是指蓋有印章用於報帳用的收據。

B: 謝謝。歡迎再度光臨。
ありがとうございます。また きてください。
a.ri.ga.to.u.go.za.i.ma.su. ma.ta. ki.te.ku.da.sa.i.

A: 謝謝款待。
ごちそうさまでした。
go.chi.so.u.sa.ma.de.shi.ta.

AA制
わりかん
wa.ri.ka.n

★ 是各自分開付款的割り前勘定wa.ri.ma.e.ka.n.jo.u的縮寫。

日本的貨幣

在日文中紙鈔稱為**紙幣**shi.he.i，而錢的通稱為**お金**o.ka.ne。貨幣單位是（**円**yen），可以用円或者￥表示。雖然匯率會變動，不過一般而，日圓價格除以4就是大約的台幣。

紙幣有1000日元券、2000日元券、5000日元券、10000日元券四種，但2000日元券幾乎不使用。儘管日本是現金使用頻率很高的國家，但紙幣種類卻相對較少。不過硬幣有6種，因此使用現金結帳相對比較複雜。

特別是因為日本有消費稅，所以會使用到1圓和5圓硬幣，因此經常會有很多零錢。這也是在日本旅行時零錢包至關重要的原因。

キャッシュレス決済 kya.s.shu.re.su.ke.s.sa.i：無現金支付/電子支付

日本的現金文化非常發達，因此被稱為"現金之國"。但是新冠疫情後非接觸支付方式有迅速增加的趨勢。特別是被稱為**電子マネー**te.n.shi.ma.ne.-的電子貨幣，其中te.n.shi意為電子，ma.ne.-則是Money的日文發音。日本電子支付的代表為PayPay和預付交通卡Suicasu.i.ka等等

3 尋找美味的餐廳 81

HiraGata_jp

#咖啡廳

#咖啡廳用語Tip

#居酒屋

#日本各地區代表料理

在特定餐廳裡的常用語

1,771 likes

82

一般飲料容量

小(Small) スモール su.mo.-.ru

*中(Medium) ミディアム mi.di.a.mu

大(Large) ラージ ra.-.ji

★也可以說 レギュラー re.gyu.ra.-. (Regular)

星巴克飲料容量

小杯(Short) ショート sho.-.tu

中杯(Tall) トール to.-.ru

大杯(Grande) グランデ ga.ra.n.di

特大杯(Venti) ベンティ be.n.ti

咖啡廳

B: 請問要點餐嗎？
ちゅうもんされますか?
chu.u.mo.n.sa.re.ma.su.ka?

A: 請給我兩杯冰美式，還有一塊起司蛋糕。
アイス アメリカノ ふたつと
チーズケーキ ひとつ ください。
a.i.su. a.me.ri.ka.no. fu.ta.tsu.to.
chi.-.zu.ke.-.ki. hi.to.tsu. ku.da.sa.i.

我要加點一杯小的熱拿鐵。
あたたかい ラテ ひとつに
ショット ついかしてください。
a.ta.ta.ka.i. ra.te. hi.to.tsu.ni.
sho.t.to. tsu.i.ka.shi.te.ku.da.sa.i.

B: 請問要多大杯呢？
サイズは どうなさいますか?
sa.i.zu.wa. do.u.na.sa.i.ma.su.ka?

A: 請給我中杯。
レギュラーサイズで ください。
re.gyu.ra.-.sa.i.zu.de. ku.da.sa.i.

B: 請問是內用嗎？
てんないで めしあがりますか?
te.n.na.i.de. me.shi.a.ga.ri.ma.su.ka?

★たべますか? ta.be.ma.su.ka?是普通體，
あがりますか? a.ga.ri.ma.su.ka?是禮貌體。

A: 我要外帶。
おもちかえりです。
o.mo.chi.ka.e.ri.de.su.

咖啡廳用語Tip

請告訴我Wi.-.Fi密碼。
Wi.-.Fiの パスワードを
教えてください。
wi.-.fi.no. pa.su.wa.-.do.o.
o.shi.e.te.ku.da.sa.i.

請給我一樣的（和同伴一樣的餐點）。
同じ もので お願いします。
o.na.ji. mo.no.de. o.ne.ga.i.shi.ma.su.

請幫我裝杯架。
カップホルダーに 入れてください。
ka.p.pu.ho.ru.da.-.ni. i.re.te. ku.da.sa.i.

糖漿
ガムシロップ
ga.mu.shi.ro.p.pu

★日本外帶咖啡廳常見的膠囊型糖漿。

售罄、賣完了
うりきれ
u.ri.ki.re

Sold.out 銷售一空
ソールドアウト
so.-.ru.do. a.u.to

#居酒屋

B: 請問要喝什麼呢？
のみものは なにに なさいますか？
no.mi.mo.no.wa. na.ni.ni. na.sa.i.ma.su.ka?

日本有在點餐前要先點酒的文化。

A: 請給我一瓶生啤酒。
なまビール ひとつ ください。
na.ma.bi.-.ru. hi.to.tsu. ku.da.sa.i.

★ **とりあえずなまひとつ。**
　to.ri.a.e.zu. na.ma. hi.to.tsu.
"先來一瓶生啤"的意思。
是一般日本人去居酒屋的時候會說的話。

～邊喝啤酒邊看菜單後～

B: 請問決定好了嗎？
おきまりですか？
o.ki.ma.ri.de.su.ka?

A: 這裡的招牌菜是什麼呢？
ていばんの メニューは なんですか？
te.i.ba.n.no. me.nu.-.wa. na.n.de.su.ka?
★ 定番te.i.ba.n：和推薦料理おすすめo.su.su.me不同，指的是一直都很受歡迎的經典餐點。

B: 是烤雞肉串。
やきとりでございます。
ya.ki.to.ri.de.go.za.i.ma.su.

小菜（お通し o.to.o.shi）文化

在點餐之前上的小菜，有點類似歐美的小費概念，或可理解為座位費，是日本居酒屋特有的習俗。

乾杯
かんぱい
ka.n.pa.i

#日本各地區代表料理

1. 東京 to.u.kyo.u

日本的中心地帶。與紐約、倫敦並列為世界三大都市圈之一。因為位處中心地帶所以可以品嚐到我們已經非常熟悉的各種日本代表性料理。

#すし 壽司
將海鮮、豆皮、雞蛋、海苔等食材放在醋飯上的料理。

#そば 蕎麥麵
用蕎麥粉製作的日本麵食。

#ウナギ丼 鰻魚丼
把塗了醬汁烤好的鰻魚放在米飯上的蓋飯，也就是鰻魚蓋飯。

84

2. 大阪 o.o.sa.ka

日本第三大城市。自古在大阪有句諺語說「吃到破產」，由此可見這裡是有各種各樣美食的城市。

#たこ焼き 章魚燒
用麵糊包裹章魚塊來煎製的料理。

#お好み焼き 御好燒
根據喜好加進肉類、海鮮、高麗菜等多種食材的煎餅料理。

#串カツ 串炸
將各種食材串在竹籤上油炸的料理。通常會蘸醬油吃，再搭配生啤酒食用。

3. 京都 kyo.u.to

京都曾做為日本的首都有超過千年的歷史。坐落於盆地中的京都，有優質地下水經過，所以能品嚐到高品質的豆腐和抹茶等料理。

#湯豆腐 湯豆腐
將豆腐放入湯汁中加熱的料理。

#鰊蕎麦 鰊魚蕎麥麵
在蕎麥麵上放上用醬油和糖調味的鰊魚料理。

#宇治茶 宇治茶
由日本生產最高品質茶葉的宇治地區所製作的茶。是日本三大名茶之一。

3 尋找美味的餐廳

名古屋 na.go.ya

名古屋以口味刺激和獨特的料理聞名，與日本一般口味不同，因此甚至還有"名古屋飯na.go.ya.me.shi"這樣的說法。

#手羽先 手羽先

雞翅膀炸雞。名古屋以交趾雞這種口感好的本地雞而聞名。手羽先就是使用交趾雞作成的代表性料理之一。

#味噌カツ 味噌炸豬排

將炸豬排塗上味噌醬汁食用的料理。

#ひつまぶし 名古屋風鰻魚飯

名古屋風格的鰻魚蓋飯。將內容物分成四分以茶泡飯的方式將鰻魚和飯泡在湯汁裡食用。

#喫茶店 喫茶店

名古屋的喫茶店文化相當盛行。尤其以能用實惠價格享用吐司和咖啡的早餐套餐（**モーニングセット**mo.-.ni.n.gu. se.t.to）而聞名。

奈良 na.ra

這個地區擁有許多寺廟、世界文化遺產和鹿公園等傳統場所。這裡的食物也同樣有著悠久的傳統。

#柿の葉寿司 柿葉壽司

用柿子葉包起來的壽司。

#葛 葛根

葛是一種植物。奈良水質良好和寒冷的土壤條件，所以葛根非常聞名。將葛根做成麵條型態的甜點**くず切り**ku.zu.ki.ri葛粉條是最具代表性的料理。

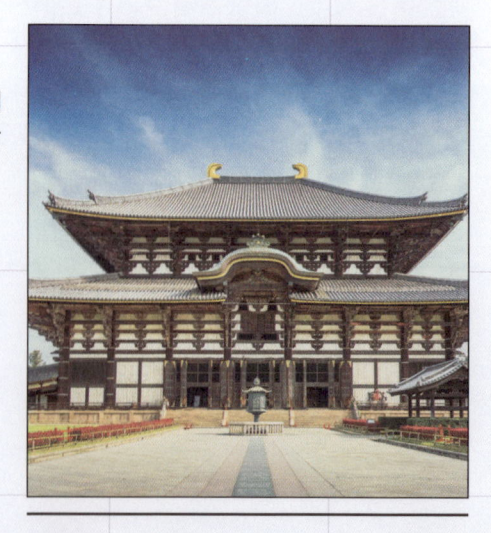

86

#ならづけ 奈良漬

漬物。因為奈良以其清酒聞名，所以用剩下的清酒製作的漬物也開始變得有名。

6. 福岡 fu.ku.o.ka

以博多豚骨拉麵的起源而聞名的城市。由於離機場和市中心都很近，所以非常適合旅遊。

#モツなべ 內臟鍋

日本風味的腸類火鍋。特色是使用大腸來烹煮。

#明太子 明太子

明太子。福岡是明太子的主要產地，其鹽分較低、口味較清淡。

#豚骨ラーメン 豚骨拉麵

以豬骨熬煮的湯烹煮的拉麵。是世界上最著名的拉麵之一。

3 尋找美味的餐廳

長崎 na.ga.sa.ki

日本歷史悠久的港口城市。由於長崎港很早就對外開放，所以這裡有許多異國風味的美食。

#長崎ちゃんぽん 長崎強棒麵
中華料理，是一種加入多種配料的什錦麵湯麵。

#長崎カステラ 長崎蜂蜜蛋糕
因為長崎港對外開放，而從葡萄牙傳入的蜂蜜蛋糕。特色是口感柔軟豐盈。

#びわ 枇杷
枇杷樹的果實。按照甜度有分別像是混合了桃子、杏子和柿子的味道。

---

8. 沖繩 o.ki.na.wa

位於日本最南端的島嶼，以熱帶氣候的度假勝地聞名。由於長期與日本本土和不同國家往來，因此可以享受到和本土食物不同的獨特口味。

#沖繩そば 沖繩蕎麥麵
雖然名為蕎麥麵，但使用的是由麵粉製成的粗麵條而不是蕎麥麵。

★沖繩方言稱為「うちなーすば u.chi.na.-.su.ba.」。

#紅いもタルト 紅薯塔
用沖繩特產紫薯製成的塔，也是著名的伴手禮品。

#サーターアンダギー 沙翁
沖繩方言，意為裹了糖粉的油炸麵團。是用沖繩產的甘蔗製作而成的甜甜圈。

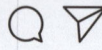

9. 北海道 ho.k.ka.i.do.u

位於日本最北端、氣候寒冷的島嶼，整個地區被白雪覆蓋風景非常壯觀。特別是還可以品嚐到新鮮的海鮮和肉類。

#ジンギスカン 成吉思汗羊肉
日式的烤羊肉料理。

#夕張メロン 夕張哈蜜瓜
夕張市產的香甜甜瓜。比一般甜瓜更加甜美並且有黃色的果肉。

#かに 螃蟹料理
蟹的捕撈量與日本其他地區有著顯著的差異。特別是因為全年均有捕撈毛蟹，因此有各種著名的毛蟹料理。

日本關東 (ka.n.to.u)、關西 (ka.n.sa.i) 地區的飲食風格

日本核心地區可以分為兩部分，一部分是以東京為代表的關東地區，另一部分則是以大阪和京都為代表的關西地區。關東地區自古以來就是政治和經濟中心，而關西地區則是商人的城市。這兩個地區在氣候、文化、語言等方面存在很大的差異，當然在飲食文化上也有許多不同。最具代表性的就是蕎麥麵文化和烏龍麵文化。關東地區因為土地不適合種植稻米，所以蕎麥麵文化比較發達。而關西地區則比較常見烏龍麵。

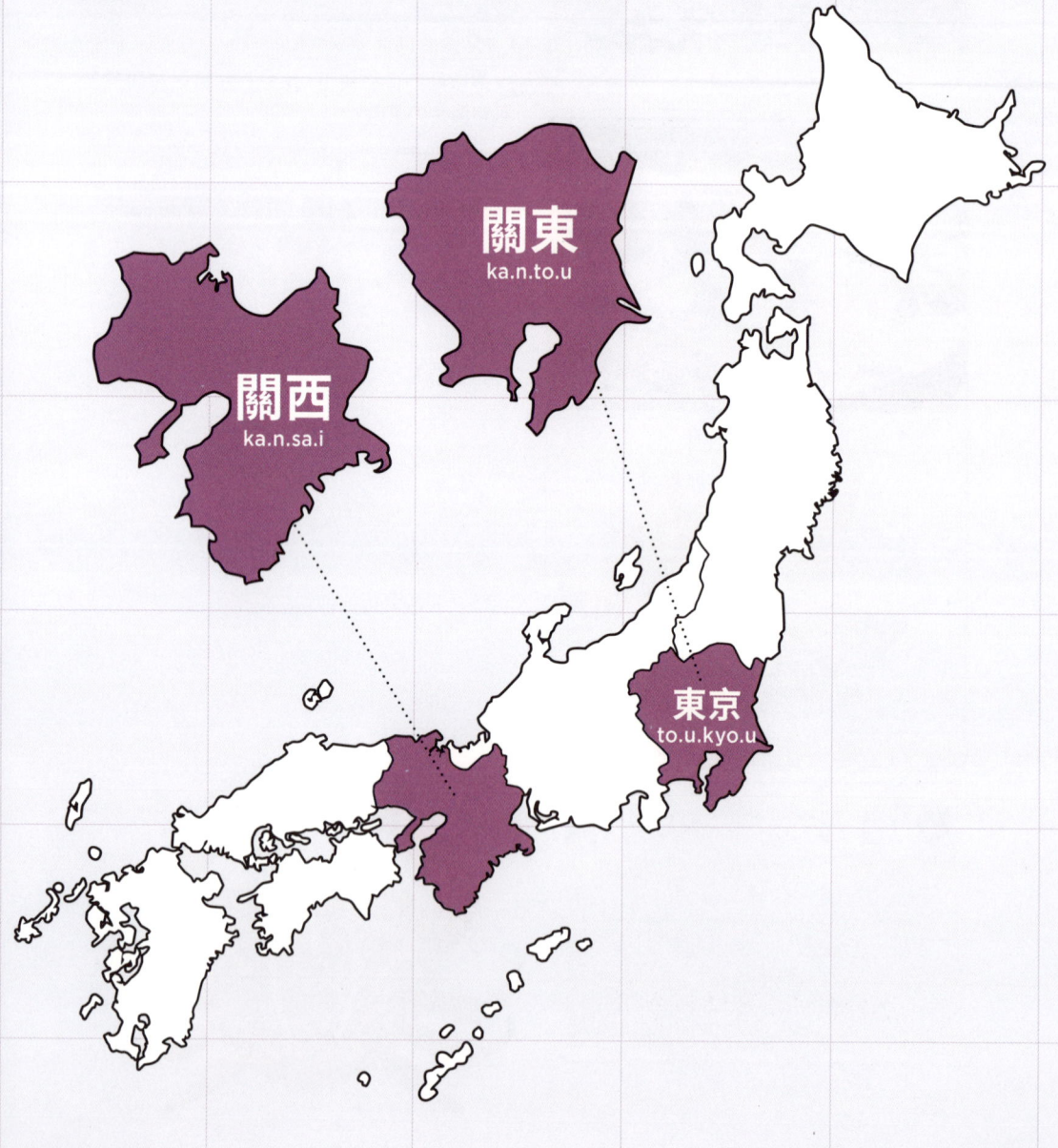

關東 ka.n.to.u

關西 ka.n.sa.i

東京 to.u.kyo.u

1.湯底做法

關東：以柴魚片等乾燥製品熬製出濃郁湯底，帶有豐富清甜的鮮味。由於關東土壤的特性使蔬菜的纖維質較硬，為了不影響口感通常會將湯底的味道調得比較濃郁。

關西：清澈透明的昆布湯底，味道清淡細膩。與關東相反，關西的農作物纖維質較柔軟，因此偏好與食材原本的味道相襯的清淡湯底。

★即使是同一品牌同一產品，泡麵也會標示代表East的E，或者代表West的W來區分關東和關西，內含不同的湯料包泡出不同的口味。

2.味噌種類

關東：使用發酵時間較長、顏色較深、鹽度較高的赤味噌。

關西：使用發酵時間較短、顏色較淺、鹽度較低的白味噌。

3 尋找美味的餐廳

3. 仙貝 (se.n.be.i) 種類

關東：以醬油和扎實的口感為特點
草加せんべい草加仙貝so.o.ka.se.n.be.i為其代表產品。

關西：以脆口的咀嚼感為特點
ぽんち揚げbo.n.chi.a.ge少爺米果為其代表產品。

4. 櫻餅(さくら餅sa.ku.ra.mo.chi)形狀

關東：用薄薄的小麥粉麵糰包著紅豆餡，像可麗餅一樣捲起來。

關西：糯米粉製成黏糯麵糰，將紅豆餡包裹於其中並捏成圓形。

5. 稻荷壽司(いなり寿司 i.na.ri.zu.shi)

關東：方形。

關西：三角形。

麵包厚度

關東：偏好將一條吐司切成6～8片的薄片。

關西：偏好將一條吐司切成4～5片的厚片。

★在日本當地超市販售的吐司通常有多種厚度可以選擇。

4

日文的模樣
&
單位和數字

「日文的三種文字」

日文由三種文字構成。
分別是日本人創造的平假名（平仮名／ひらがな）、片假名（片仮名／かたかな），以及從中國引進的漢字。平假名和片假名是從漢字的形狀創造出來，所以被稱為假名（仮名），意指「假」字。而漢字則意指「真」字，被稱為真名（真名）。
讓我們來看看這三種文字是如何使用的吧？

にほんご	ニホンゴ	日本語
平假名	片假名	漢字

漢字和平假名在一般所有的文字中都會使用。
片假名則用來標記外來語、外國語、外國地名和人名。

私 は　コーヒー を　飲 む 。　　我喝咖啡。
wa.ta.shi wa　ko.-.hi.-　o　no　mu　　　　外來語

漢字在日本仍是主要的使用文字。
不過即使有漢字，仍然會使用平假名或片假名來書寫某些單詞。
通常在漢字比較複雜，或者不常使用的情況下，就會使用假名。
例如草莓和蝦子就是代表例子。

苺 → イチゴ／いちご　　海老 → エビ／えび
i.chi.go　　　　　　　　　e.bi
i.chi.go　　　　　　　　　e.bi

「清音、濁音、半濁音」

日語根據字母形狀將發音分為清音、濁音和半濁音。

1. 清音 普通的音節

ひ

我們來看看清音。
指的是在50音中的字母。
50音中的普通字母被稱為清音。

2. 濁音 混濁的聲音

か ➡ が　さ ➡ ざ　た ➡ だ　は ➡ ば
ka ➡ ga　　sa ➡ za　　ta ➡ da　　ha ➡ ba

濁音只能由以上四行清音音節開頭的聲音構成。

k か ka行 ↓ g が ga行	かka	きKi	くku	けke	こko
	がga	ぎgi	ぐgu	げge	ごgo

s さ sa行 ↓ z ざ za行	さsa	しshi	すsu	せse	そso
	ざza	じji	ずzu	ぜze	ぞzo

t た ta行 ↓ d だ da行	たta	ちchi（注意）	つtsu	てte	とto
	だda	ぢji	づzu	でde	どdo

h は ha行 ↓ b ば ba行	はha	ひhi	ふfu	へhe	ほho
	ばba	びbi	ぶbu	べbe	ぼbo

4 日文的模樣 & 單位和數字　97

我們來看看濁音。

仔細觀察會發現**ひ**hi的右上角有兩個點。這些點被稱為濁點或點點，點指的即是上方的兩點。像這樣加上濁點的音就被稱為濁音。

濁音的意思是"混濁的聲音"，實際上它並不像名稱所示那麼混濁，而是相對於清音使用了更多的聲帶。在發音的時候應特別注意**だ**da行的發音。**た**ta行的**ち**chi和**つ**tsu在變為濁音時並不發「t」音，而是變為「d」音。因此，**だ**da行的**ぢ**ji和**づ**zu的發音與**ざ**za行的**じ**ji和**ず**zu相同。

在這些音中**ざ**za行的**じ**ji和**ず**zu使用得較多。

而**だ**da行的**ぢ**ji和**づ**zu則在少數情況下才會使用。

3. 半濁音 介於清音和濁音之間

現在來看看半濁音吧。這些字的右上角加上了一個圓點。這個圓點被稱為半濁點或**丸**maru。**丸**maru的意思是「圓形」。

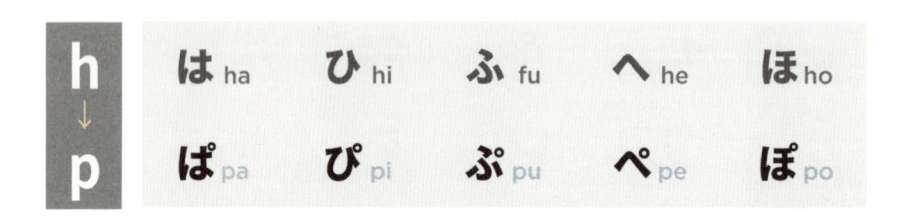

h → p	は ha	ひ hi	ふ fu	へ he	ほ ho
	ぱ pa	ぴ pi	ぷ pu	ぺ pe	ぽ po

在清音上加上半濁點就會變成半濁音。

半濁音是介於清音和濁音之間的音，意思是半濁的聲音。

只有**は**ha行的音可以變成半濁音。當加上半濁點後，**は**ha會變成發**ぱ**pa的音。

> 在字母加上圓點後會變成半濁音啊！

拗音、促音、撥音

1. 清音旁的**拗音**

這裡在**ひ**hi旁邊小小地附著的字是50音中的**や**ya。
雖然看起來像兩個字，但卻被視為一個字。將**や**ya縮小到清音一半的大小再像濁點一樣附在清音旁邊。
除了**や**ya之外，**ゆ**yu和**よ**yo也可以用這種方式縮小使用。
這樣形成的字稱為拗音。

	清音	拗音
ya や	しやく 試劑 shi. ya. ku	しゃかい 社會 sha. ka. i
yu ゆ	ちゆ 治癒 chi. yu	ちゅうごく 中國 chu. u. go. ku
yo よ	ひよこ 小鴨 hi. yo. ko	ひょうげん 表現 hyo. u. ge. n

拗音的意思是「扭曲的聲音」。
從上方的表格中可以很容易看出清音和拗音的差別。

左側是將兩個字單獨列出來，而右側則使用了拗音。
也就是說拗音是將字縮小並一起讀的一種方式。
拗音僅能附加在**い**i行的字母後。

> 拗音只要連著前一個音一起讀就可以了！

2.促音和撥音

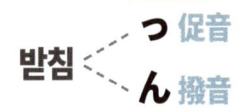

받침 < っ 促音
　　　　ん 撥音

っ促音和ん撥音的發音並不是固定不變的，而是會根據後面的字母不同有所變化。

促音 っ

ひっ

雖然っ促音有 t、k、s、p 這四種發音，
但實際上促音的發音並不是那麼困難。
促音的發音是根據緊接在後面的子音的發音而變化的。

t 發音	いっとう i t to u	k 發音	いっか i k ka
s 發音	いっしょう i s sho u	p 發音	いっぱい i p pa i

撥音 ん

ひん

っ促音是將後面字母的發音直接傳遞到前面，因此非常簡單。不過ん撥音需要更詳細地了解。雖然會受到後面字母的影響，但它並不會完全跟隨後面的字母。

n 發音	けんか ke n ka	ŋ 發音	しんぱい shi ŋ pa i	m 發音	じんせい ji m se i

ん+ あ、か、が、わ行
　　　a　ka　ga　wa
ん+ ※

ん+ ま、ば、ぱ行
　　ma　ba　pa

ん+ 其他

數字讀法

學習日語的數字時，通常會學 基數詞 和 序數詞 兩種。
雖然「基數詞」和「序數詞」這個詞彙可能會讓人覺得很陌生，
但這個概念其實就是數量數詞(基數詞)和順序數詞(序數詞)，在我們的語言中也常常被使用，所以並不難理解。
基數詞 指的是「一、二、三……」這種基本數字。
而 序數詞 則是指「第一個、第二個、第三個……」這種表示順序的詞語，
即「第一、第二、第三」等概念。
在日語中序數詞通常 只使用1到10。

基數詞

1	2	3	4	5	6	7	8	9	10
いち	に	さん	し	ご	ろく	しち	はち	きゅう	じゅう
i.chi	ni	sa.n	shi	go	ro.ku	shi.chi	ha.chi	kyu.u	ju.u

100	1,000	10,000	100,000	1,000,000
ひゃく	せん	まん	じゅう まん	ひゃく まん
hya.ku	se.n	ma.n	ju.u ma.n	hya.ku ma.n

序數詞

1	2	3	4	5	6	7	8	9	10
ひとつ	ふたつ	みっつ	よっつ	いつつ	むっつ	ななつ	やっつ	ここのつ	とお
hi.to.tsu	fu.ta.tsu	mi.t.tsu	yo.t.tsu	i.tsu.tsu	mu.t.tsu	na.na.tsu	ya.t.tsu	ko.ko.no.tsu	to.o

> 數字4（し shi）和數字7（しち shi.chi）的發音和表示"死亡"的 死 shi 還有表示"死地"的 死地 shi.chi 相同，因此經常會用 よん yo.n 代替 し shi，なな na.na 代替 しち shi.chi。

> 10以內用序數詞來表現！從11開始就和基數詞一樣了！

1. 使用**基數詞**的表達

試著用前面學到的數字來計算物品的數量吧。
這裡的 "**個**ko" 用於表示 "一個、兩個、三個" 的個。

一個	兩個	三個	四個	五個
いっこ 一個 i.k. ko	にこ 二個 ni. ko	さんこ 三個 sa.n. ko	よんこ 四個 yo.n. ko	ごこ 五個 go. ko

六個	七個	八個	九個	十個
ろっこ 六個 ro.k. ko	ななこ 七個 na.na. ko	はっこ 八個 ha.k. ko	きゅうこ 九個 kyu.u. ko	じゅっこ 十個 ju.k. ko

2. 使用**序數詞**的表達

計算物品數量時，除了基數詞外還能使用序數詞。
在計算物品的數量時，還可以使用一種表達方式。
就是像「一個、兩個、三個」這樣的說法，我們可以把「請給我一顆**(いっこ)**蘋果。」這句話換成「請給我一個**(ひとつ)**蘋果。」這是類似的概念。

一./.一個	二./.兩個	三./.三個	四./.四個	五./.五個
ひとつ 一 つ hi.to. tsu	ふたつ 二 つ fu.ta. tsu	みっつ 三 つ mi.t.tsu	よっつ 四 つ yo.t.tsu	いつつ 五 つ i.tsu. tsu

六./.六個	七./.七個	八./.八個	九./.九個	十./.十個
むっつ 六 つ mu.t.tsu	ななつ 七 つ na.na. tsu	やっつ 八 つ ya.t.tsu	ここのつ 九 つ ko.ko.no. tsu	とう 十 to.u

つ tsu 本身表示數字，也有 "個" 的意思，
因此可以直接使用序數表達來計數物品的數量。

十一個	十二個	十三個	十四個	十五個
じゅういっこ 十 一個 jyu.u. i.k. ko	じゅうにこ 十 二個 jyu.u. ni. ko	じゅうさんこ 十 三個 jyu.u. sa.n. ko	じゅうよんこ 十 四個 jyu.u. yo.n. ko	じゅうごこ 十 五個 jyu.u. go. ko

2025年 10月
にせんにじゅうさん ねん　　じゅう　がつ
ni.se.n.ni.ju.u.sa.n ne.n　　ju.u　ga.tsu

星期一 月曜日	星期二 火曜日	星期三 水曜日	星期四 木曜日	星期五 金曜日	星期六 土曜日	星期日 日曜日
げつようび ge.tsu.yo.u.bi	かようび ka.yo.u.bi	すいようび su.i.yo.u.bi	もくようび mo.ku.yo.u.bi	きんようび ki.n.yo.u.bi	どようび do.yo.u.bi	にちようび ni.chi.yo.u.bi
		1 第一天 ついたち 一日 tsu.i.ta.chi	2 ふつか 二日 fu.tsu.ka	3 みっか 三日 mi.k.ka	4 よっか 四日 yo.k.ka	
5 いつか 五日 i.tsu.ka	6 むいか 六日 mu.i.ka	7 なのか 七日 na.no.ka	8 ようか 八日 yo.u.ka	9 ここのか 九日 ko.ko.no.ka	10 とおか 十日 to.o.ka	11 じゅういちにち 十一日 ju.u.i.chi.ni.chi
12 じゅうににち 十二日 ju.u.ni.ni.chi	13 じゅうさんにち 十三日 ju.u.sa.n.ni.chi	14 じゅうよっか 十四日 ju.u.yo.k.ka	15 じゅうごにち 十五日 ju.u.go.ni.chi	16 じゅうろくにち 十六日 ju.u.ro.ku.ni.chi	17 じゅうしちにち 十七日 ju.u.shi.chi.ni.chi	18 じゅうはちにち 十八日 ju.u.ha.chi.ni.chi
19 じゅうくにち 十九日 ju.u.ku.ni.chi	20 第20天 はつか 二十日 ha.tsu.ka	21 にじゅういちにち 二十一日 ni.ju.u.i.chi.ni.chi	22 にじゅうににち 二十二日 ni.ju.u.ni.ni.chi	23 にじゅうさんにち 二十三日 ni.ju.u.sa.n.ni.chi	24 にじゅうよっか 二十四日 ni.ju.u.yo.k.ka	25 にじゅうごにち 二十五日 ni.ju.u.go.ni.chi
26 にじゅうろくにち 二十六日 ni.ju.u.ro.ku.ni.chi	27 にじゅうしちにち 二十七日 ni.ju.u.shi.chi.ni.chi	28 にじゅうはちにち 二十八日 ni.ju.u.ha.chi.ni.chi	29 にじゅうくにち 二十九日 ni.ju.u.ku.ni.chi	30 さんじゅうにち 三十日 sa.n.ju.u.ni.chi	31 さんじゅいちにち 三十一日 sa.n.ju.u.i.chi.ni.chi	

注意

藍色的數字與普通的數字不同。從2日到10日都讀作序數，而其他的日期則全部讀作基數。1日和20日則是特殊的表達方式，不屬於基數或序數，這部分需要特別注意。

4日讀作"yo.n"或者"shi"，但在日期中都固定讀作"yo.k.ka"。

9日讀作"kyu"或"ku"，但在日期中都固定讀作"ko.ko.no.ka"。

4 日文的模樣 & 單位和數字

12個常用單位

さら 皿 sa.ra

盤子・煙灰缸

一皿 hi.to.sa.ra	一盤
二皿 fu.da.sa.ra	兩盤
三皿 sa.n.sa.ra	三盤

ほん 本 ho.n

瓶子・香蕉・鉛筆

一本 i.p.po.n	一瓶(根)
二本 ni.ho.n	兩瓶(根)
三本 sa.n.bo.n	三瓶(根)

かん 缶 ka.n

裝著食物的

一缶 i.chi.ka.n	一罐
二缶 ni.ka.n	兩罐
三缶 san.ka.n	三罐

はい 杯 ha.i

裝在容器裡飲用的東西

一杯 i.p.pa.i	一杯
二杯 ni.ha.i	兩杯
三杯 sa.n.ba.i	三杯

ぜん 膳 ze.n

碗・一副筷子

一膳 i.chi.ze.n	一碗(副)
二膳 ni.ze.n	兩碗(副)
三膳 sa.n.ze.n	三碗(副)

にん 人 ni.n

人

一人 hi.to.ri	一人
二人 fu.ta.ri	兩人
三人 sa.n.ni.n	三人

さい **歳** sa.i	ばん **番** ba.n	じかん **時間** ji.ga.n
年紀	順序・等級・回數等	時間
一歳 i.s.sa.i　一歳 二歳 ni.sa.i　兩歳 三歳 sa.n.sa.i　三歳	一番 i.chi.ba.n　第一 二番 ni.ba.n　第二 三番 sa.n.ba.n　第三	一時間 i.chi.ji.ka.n　一小時 二時間 ni.ji.ka.n　兩小時 三時間 sa.n.ji.ka.n　三小時

かい **回** ka.i	まい **枚** ma.i	かい **階** ka.i
回數	紙張・手帕・盤子等	建築物的樓層
一回 i.k.ka.i　一次 二回 ni.ka.i　兩次 三回 sa.n.ka.i　三次	一枚 i.chi.ma.i　一張 二枚 ni.ma.i　兩張 三枚 sa.n.ma.i　三張	一階 i.k.ka.i　一樓 二階 ni.ka.i　兩樓 三階 sa.n.ka.i　三樓

5

嘗試食物詞彙

請試著在空白處寫出對應羅馬拼音的平假名。

すし
su.shi

壽司

比目魚
hi.ra.me
1

比目魚鰭邊
e.n.ga.wa
2

鮪魚
ma.gu.ro
3

鮪魚肚
o.o.to.ro
4

鮪魚背肉
a.ka.mi
5

鯖魚
sa.ba
6

鮭魚
sa.-.mo.n
7

鮭魚卵
i.ku.ra
8

海膽
u.ni
9

海螺
sa.za.e
10

扇貝
ho.ta.te
11

- **1** ひらめ
- **2** えんがわ
- **3** まぐろ
- **4** おおとろ
- **5** あかみ
- **6** さば
- **7** さーもん
- **8** いくら
- **9** うに
- **10** さざえ
- **11** ほたて

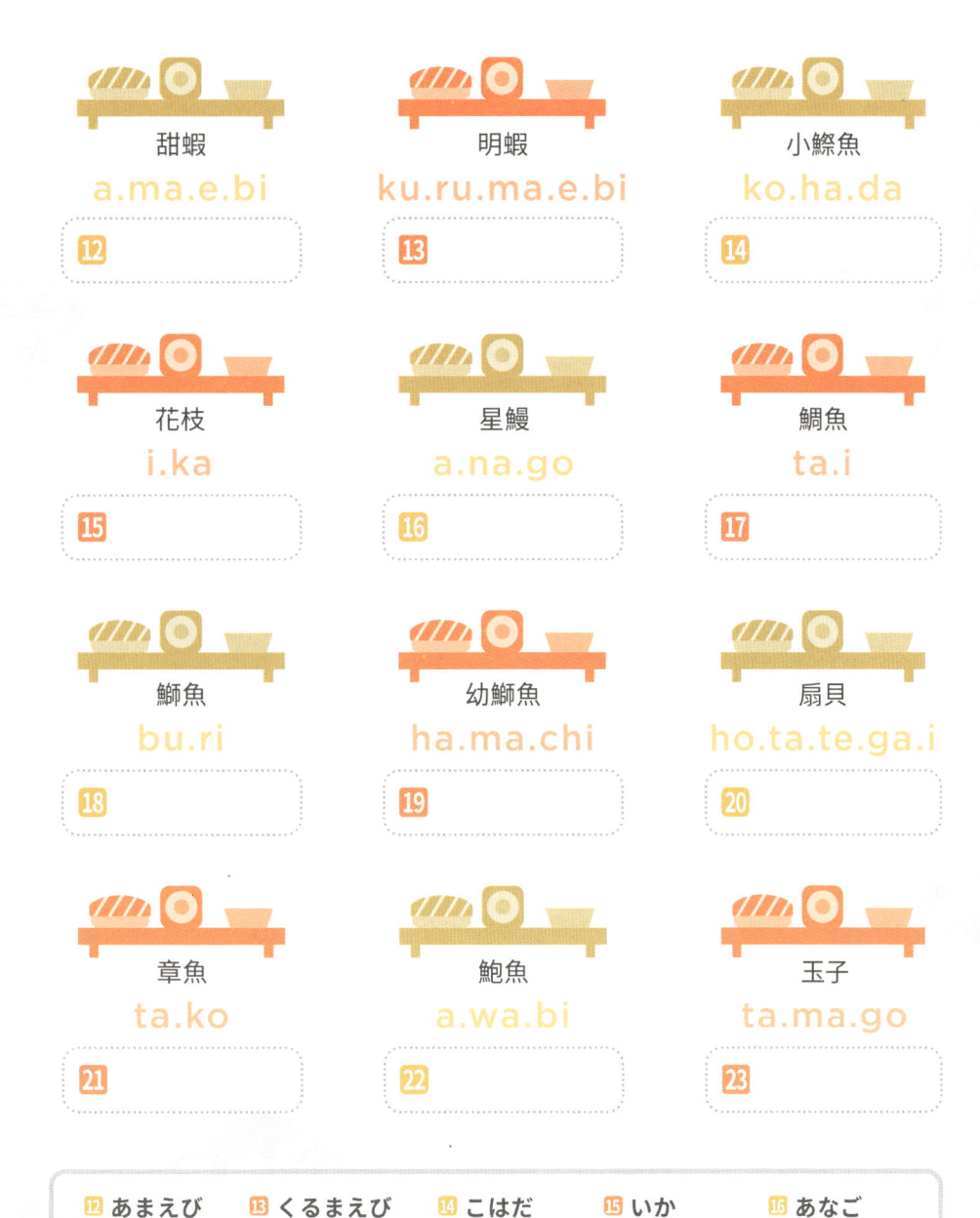

甜蝦	明蝦	小鰶魚
a.ma.e.bi	ku.ru.ma.e.bi	ko.ha.da
⑫	⑬	⑭

花枝	星鰻	鯛魚
i.ka	a.na.go	ta.i
⑮	⑯	⑰

鰤魚	幼鰤魚	扇貝
bu.ri	ha.ma.chi	ho.ta.te.ga.i
⑱	⑲	⑳

章魚	鮑魚	玉子
ta.ko	a.wa.bi	ta.ma.go
㉑	㉒	㉓

---

⑫ あまえび　⑬ くるまえび　⑭ こはだ　⑮ いか　⑯ あなご
⑰ たい　⑱ ぶり　⑲ はまち　⑳ ほたてがい　㉑ たこ
㉒ あわび　㉓ たまご

5 嘗試食物詞彙 109

ラーメン

請試著在空白處寫出對應羅馬拼音的片假名

ラーメン・めん
ra.-.me.n・me.n
拉麵・麵食

mi.so.ra.-.me.n
1 _____
用日本味增調味的拉麵。

syo.u.yu.ra.-.me.n
2 _____
用日本醬油調味的拉麵。

shi.o.ra.-.me.n
3 _____
用鹽調味的拉麵。

to.n.ko.tsu.ra.-.me.n
4 _____
用豬骨熬製湯頭的拉麵。

ro.ri.ra.-.me.n
5 _____
用雞骨熬製湯頭的拉麵。

cha.-.shu.-.ra.-.me.n
6 _____
加入叉燒豬肉的拉麵。

gyo.ka.i.ra.-.me.n
7 _____
用海鮮熬製湯頭的拉麵。

---

1 ミソラーメン　　2 ショウユラーメン　　3 シオラーメン
4 トンコツラーメン　5 トリラーメン　　　6 チャーシューラーメン
7 ギョカイラーメン

na.ga.sa.ki.cha.n.po.n

8

這是一種在港口城市長崎的麵食料理。將各種蔬菜、海鮮和豬肉混合炒熟後再加入用豬骨熬製的高湯。

ta.n.ta.n.me.n

9

這種料理的湯底加入多種不同的基底並混合了辣椒油,味道香濃辣度適中。(湯底的種類因店而異。)

hi.ya.shi.chu.u.ka

10

這是一道夏天常吃的冷麵料理。將用醬油調味的冷雞高湯倒在中華麵條上,再加入各種配料淋上酸甜的醬汁和芥末攪拌均勻後食用。

tsu.ke.me.n

11

つけ是沾的意思。這種拉麵是將麵條沾在湯底裡吃的。使用粗且富有彈性的麵條可以享受咀嚼的口感。

8 ナガサキチャンポン　**9** タンタンメン　**10** ヒヤシチュウカ
11 ツケメン

請試著在空白處寫出對應羅馬拼音的平假名。

そば
so.ba

蕎麥麵

mo.ri.so.ba
1. ____
將冷卻過的麵條蘸在つゆ（冷醬油湯）裡食用的蕎麥麵。

za.ru.so.ba
2. ____
在蕎麥麵上放切碎的海苔。

to.ro.ro.so.ba
3. ____
將磨碎的山藥撒在蕎麥麵上或蘸著吃的蕎麥麵。

tsu.ki.mi.so.ba
4. ____
加入生蛋一起食用的蕎麥麵。

ki.tsu.ne.so.ba
5. ____
放有大塊豆皮的蕎麥麵。

ka.ki.a.ge.so.ba
6. ____
放有各種炸蔬菜天婦羅（てんぷら）的蕎麥麵。

te.n.za.ru.so.ba
7. ____
與各種炸天婦羅一起上桌的蕎麥冷麵。

ta.nu.ki.so.ba
8. ____
加入天婦羅麵衣（てんかつ）和蔥的清淡蕎麥麵。

---

1 もりそば　2 ざるそば　3 とろろそば　4 つきみそば
5 きつねそば　6 かきあげそば　7 てんざるそば　8 たぬきそば

請試著在空白處寫出對應羅馬拼音的平假名。

うどん
u.do.n
烏龍麵

ka.ke.u.do.n
1. _____
基本湯底調味烏龍麵，有時候會加上蔥。

te.n.pu.ra.u.do.n
2. _____
在麵上放有天婦羅炸物的烏龍麵。

ta.nu.ki.u.do.n
3. _____
在麵上撒天婦羅炸衣的烏龍麵。

ka.re.-.u.do.n
4. _____
加入日式咖哩的烏龍麵。

ka.ma.a.ge.u.do.n
5. _____
將麵條從鍋中撈取後直接放在木桶未經冷卻的烏龍麵。釜揚烏龍麵。

ki.tsu.ne.u.do.n
6. _____
加入甜豆皮的烏龍麵。

za.ru.u.do.n
7. _____
烏龍冷麵，將麵條浸在醬油調味湯底的烏龍麵。

ka.ma.ta.ma.u.do.n
8. _____
油、雞蛋還有天婦羅麵衣拌在一起食用。

1 かけうどん　2 てんぷらうどん　3 たぬきうどん　4 かれーうどん
5 かまあげうどん　6 きつねうどん　7 ざるうどん　8 かまたまうどん

請試著在空白處寫出對應羅馬拼音的片假名。

やきとり
ya.ki.to.ri
串燒料理

雞頸肉
se.se.ri
1. ▢

七里香(雞屁股)
bo.n.ji.ri
2. ▢

雞里肌
sa.sa.mi
3. ▢

雞腿肉
mo.mo
4. ▢

雞皮
to.ri.ka.wa
5. ▢

雞翅膀
te.ba.sa.ki
6. ▢

雞肉丸子
tsu.ku.ne
7. ▢

雞胗
su.na.gi.mo
8. ▢

雞肉
to.ri.mi
9. ▢

雞心
ko.ko.ro
10. ▢

雞肝
ki.mo
11. ▢

豬五花
ba.ra
12. ▢

牛舌
gyu.u.ta.n
13. ▢

1. セセリ 2. ホンジリ 3. ササミ 4. モモ 5. トリカワ
6. テバサキ 7. ツクネ 8. スナギモ 9. トリミ 10. ココロ
11. キモ 12. バラ 13. ギュウタン

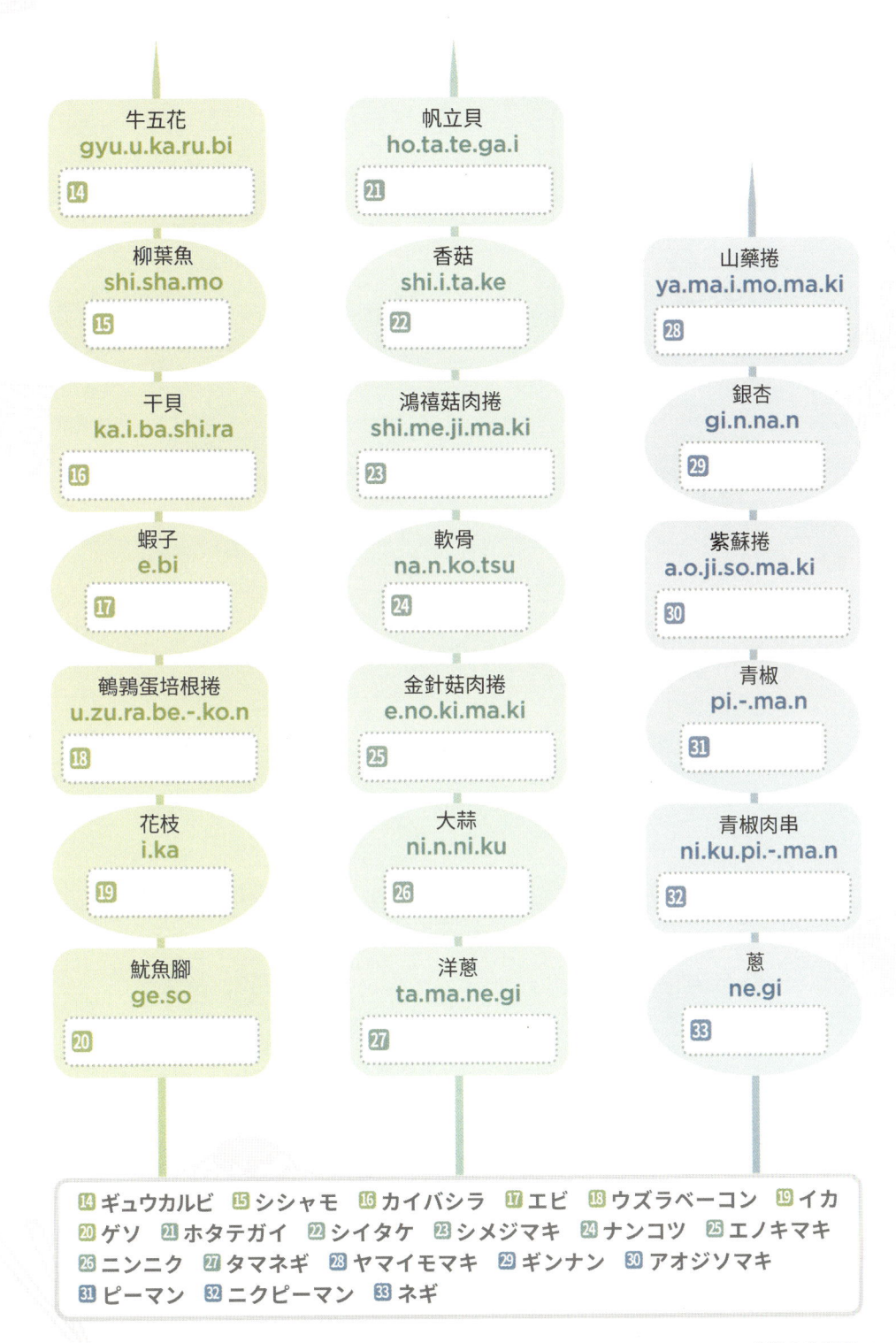

牛五花	gyu.u.ka.ru.bi	14
柳葉魚	shi.sha.mo	15
干貝	ka.i.ba.shi.ra	16
蝦子	e.bi	17
鵪鶉蛋培根捲	u.zu.ra.be.-.ko.n	18
花枝	i.ka	19
魷魚腳	ge.so	20
帆立貝	ho.ta.te.ga.i	21
香菇	shi.i.ta.ke	22
鴻禧菇肉捲	shi.me.ji.ma.ki	23
軟骨	na.n.ko.tsu	24
金針菇肉捲	e.no.ki.ma.ki	25
大蒜	ni.n.ni.ku	26
洋蔥	ta.ma.ne.gi	27
山藥捲	ya.ma.i.mo.ma.ki	28
銀杏	gi.n.na.n	29
紫蘇捲	a.o.ji.so.ma.ki	30
青椒	pi.-.ma.n	31
青椒肉串	ni.ku.pi.-.ma.n	32
蔥	ne.gi	33

14 ギュウカルビ 15 シシャモ 16 カイバシラ 17 エビ 18 ウズラベーコン 19 イカ
20 ゲソ 21 ホタテガイ 22 シイタケ 23 シメジマキ 24 ナンコツ 25 エノキマキ
26 ニンニク 27 タマネギ 28 ヤマイモマキ 29 ギンナン 30 アオジソマキ
31 ピーマン 32 ニクピーマン 33 ネギ

5 嘗試食物詞彙 115

請試著在空白處寫出對應羅馬拼音的平假名。

どんぶり
do.n.bu.ri
丼飯

ka.tsu.do.n
[1] _____
豬排丼飯

gyu.u.do.n
[2] _____
牛肉丼飯

o.ya.ko.do.n
[3] _____
親子丼飯

bu.ta.do.n
[4] _____
豬肉丼飯

u.na.gi.do.n
[5] _____
鰻魚丼飯

e.bi.do.n
[6] _____
炸蝦丼飯

te.n.do.n
[7] _____
天婦羅丼飯

---

[1] かつどん　[2] ぎゅうどん　[3] おやこどん　[4] ぶたどん
[5] うなぎどん　[6] えびどん　[7] てんどん

116

u.ni.do.n	i.ku.ra.do.n
8	9
海膽丼飯	鮭魚卵丼飯
ro.ko.mo.ko.do.n	ka.i.se.n.do.n
10	11
漢堡排丼飯	海鮮丼飯
ma.gu.ro.do.n	ko.no.ha.do.n
12	13
鮪魚丼飯	木葉丼飯(蔬菜蛋丼飯)
sa.ke.do.n	chu.u.ka.do.n
14	15
鮭魚丼飯	中華丼飯

- 8 うにどん
- 9 いくらどん
- 10 ろこもこどん
- 11 かいせんどん
- 12 まぐろどん
- 13 このはどん
- 14 さけどん
- 15 ちゅうかどん

5 嘗試食物詞彙

請試著在空白處寫出對應羅馬拼音的平假名。

さけ
sa.ke
酒

用米釀造的日本清酒（さけ），也被稱為日本酒（にほんしゅ）。清酒的特色是由純米和酵母製成，口感相當清爽。根據米種、釀酒廠和地理區域的不同，清酒種類繁多，味道多元。清酒等級是根據米的研磨程度決定，研磨後剩餘的米比例越低清酒的品質就越高。

sa.ke 清酒種類

fu.tsu.u.shu

[1] _____

普通酒，通常指的是一般清酒。沒有特別的精米步合或釀造方法。

ho.n.jo.u.zo.u

[2] _____

本釀造酒，精米步合70%以下，是最常見的清酒。

gi.n.jo.u

[3] _____

吟釀，精米步合60%以下，具有果香和柔和口感的高級清酒。

da.i.gi.n.jo.u

[4] _____

大吟釀，精米步合50%以下，加入釀造酒精的高品質清酒。

[1] ふつうしゅ　[2] ほんじょうぞう　[3] ぎんじょう　[4] だいぎんじょう

燒酒（しょうちゅう）.是一種用地瓜、小麥、高粱、大麥等原料蒸餾而成的高濃度酒。在日本燒酒通常會和其他飲品混合稀釋後飲用。這類將燒酒與水、茶、水果口味碳酸飲料混合的飲品通常以「~wa.ri（~わり）」或「~ha.i（はい）」結尾。而以「~sa.wa（さわー）」結尾的飲品是指用燒酒與有酸味的果汁和糖等調配而成的雞尾酒。高球則是指威士忌和蘇打水混合的飲品。此外，雪碧或利口酒與碳酸飲料或果汁等無酒精飲品混合的飲品也稱為高球。

~わり ~wa.ri 雞尾酒種類

熱水＋燒酒
o.yu.wa.ri
[1]

烏龍茶＋冰塊＋燒酒
u.-.ro.n.wa.ri
[2]

綠茶＋冰塊＋燒酒
ryo.ku.cha.wa.ri
[3]

威士忌＋碳酸水
ha.i.bo.-.ru
[4]

桃子碳酸水＋威士忌
bi.-.chi.ha.i
[5]

檸檬碳酸水＋威士忌
re.mo.n.ha.i
[6]

梅子汁＋蒸餾酒
u.me.sa.wa.-
[7]

日本天然蘋果酒＋蒸餾酒
ra.mu.ne.sa.wa.-
[8]

[1] おゆわり　[2] うーろんわり　[3] りょくちゃわり　[4] はいぼーる
[5] ぴーちはい　[6] れもんはい　[7] うめさわー　[8] らむねさわー

5 嘗試食物詞彙　119

そのほか

請試著在空白處寫出對應羅馬拼音的片假名。

そのほか
so.no.ho.ka
其他

ya.ki.ni.ku
1 _____
日式燒肉

gyu.u.ka.tsu
2 _____
用牛肉製成的炸肉排

e.bi.fu.ra.i
3 _____
炸蝦

ka.re.-.ra.i.su
4 _____
咖哩飯

ha.ya.shi.ra.i.su
5 _____
以德式醬汁為基底的蓋飯

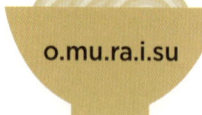

o.mu.ra.i.su
6 _____
蛋包飯

cha.-.ha.n
7 _____
日本家庭中吃的中式炒飯

1 ヤキニク　　2 ギュウカツ　　3 エビフライ　　4 カレーライス
5 ハヤシライス　6 オムライス　　7 チャーハン

sha.bu.sha.bu

⑧ 用湯煮肉類和蔬菜的鍋物。

su.ki.ya.ki

⑨ 在醬油調味的湯裡煮牛肉和各種蔬菜。

yo.se.na.be

⑩ 含有大量蔬菜和海鮮的綜合鍋

cha.n.ko.na.be

⑪ 放入海鮮、肉類和蔬菜烹煮的大鍋物。

mo.tsu.na.be

⑫ 含有大量牛腸和蔬菜的鍋物。

ka.mo.na.be

⑬ 加入鴨肉和蔬菜的鍋物。

ya.ki 麵粉食品

「麵粉食品」章魚燒和大阪燒等用麵粉製作的食物。

o.ko.no.mi.ya.ki

⑭ 在麵粉漿加入肉類和蔬菜，然後在鐵板上煎的日式煎餅。

ta.ko.ya.ki

⑮ 在麵粉漿加入章魚，然後烤成圓形的料理。

ya.ki.so.ba

⑯ 中式麵條加入蔬菜和肉類炒製的料理。

---

⑧ シャブシャブ　⑨ スキヤキ　⑩ ヨセナベ　⑪ チャンコナベ
⑫ モツナベ　⑬ カモナベ　⑭ オコノミヤキ　⑮ タコヤキ
⑯ ヤキソバ

5 嘗試食物詞彙　121

6

看懂餐飲店的擬真菜單

BEEF&PORK
ビーフ＆ポークの合挽きハンバーグ

柚子の香りと生姜の風味をきかせた甘さの和風ソース。

大根おろしとポン酢でさっぱりと。
おろしハンバーグ
150g ¥1,080（税込）

和風（わふう）ハンバーグ
150g ¥1,080（税込）

完熟トマトで作ったソースをたっぷりと。
トマトハンバーグ
150g ¥980（税込）

デミハンバーグ 150g ¥980（税込）

チキンとハンバーグで人気のコンビメニュー。
あさくまグリル（チキン）
あさくまハンバーグ120g
チキン200g
¥1,580（税込）

両方食べられるボリュームメニュー。
あさくまグリル（トンテキ）
あさくまハンバーグ120g
トンテキ150g
¥1,680（税込）

ネギをたっぷり、定番の美味しさ。
チキンステーキてり焼き（や）
200g ¥1,030（税込）

大根おろしとポン酢でさっぱりと。
チキンステーキおろし
200g ¥1,080（税込）

チーズとトマトでイタリアン。
チキンステーキトマトチーズ
200g ¥1,080（税込）

大根おろしとポン酢でさっぱりと。
トンテキマレーナおろし
150g ¥1,180（税込）

香味豊かな特製ジンジャーソース。
トンテキマレーナジンジャー
150g ¥1,130（税込）

揚げ茄子とトマトの酸味が相性◎
トンテキマレーナ茄子（なす）トマト
150g ¥1,180（税込）

※全ての料理画像はイメージです。予告なく変更する場合もございますのでご了承ください

BEEF & PORK
牛肉及豬肉漢堡排

推薦料理

充滿柚子香氣與生薑風味的甜味日式醬汁。

推薦料理

o.ro.shi | ha.n.ba.-.gu
蘿蔔泥 | 漢堡排
150g ¥1,080（含稅）

to.ma.to | ha.n.ba.-.gu
番茄 | 漢堡排
150g ¥980（含稅）

wa.fu.u | ha.n.ba.-.gu
和風 | 漢堡排
150g ¥1,080（含稅）

de.mi | ha.n.ba.-.gu
多蜜醬 | 漢堡排 150g ¥980（含稅）

雞排與漢堡排的人氣組合。

能吃到兩種風味的大份量組合。

a.sa.ku.ma | gu.ri.ru
旭熊 | 烤肉
(chi.ki.n)
（雞肉）

a.sa.ku.ma | gu.ri.ru
旭熊 | 烤肉
(to.n | te.ki)
（豬 | 排）

滿滿蔥花的招牌美味。

蘿蔔泥與柚子醋的清爽口味。

起司與番茄組成義式風味。

chi.ki.n | su.te.-.ki | te.ri.ya.ki
雞 | 排 | 照燒

chi.ki.n | su.te.-.ki | o.ro.shi
雞 | 排 | 蘿蔔泥

chi.ki.n | su.te.-.ki | to.ma.to | chi.-.zu
雞 | 排 | 番茄 | 起司

蘿蔔泥與柚子醋的清爽口味。

充滿豐富香氣的薑汁醬汁。

炸茄子與番茄的酸味超搭。

to.n.te.ki | ma.re.-.na | o.ro.shi
豬排 |（無意義）| 蘿蔔泥

to.n.te.ki | ma.re.-.na | ji.n.ja.-
豬排 |（無意義）| 生薑

to.n.te.ki | ma.re.-.na | na.su | to.ma.to
豬排 |（無意義）| 茄子 | 番茄

◆照片僅供參考。菜色可能會改變，請見諒。

6 看懂餐飲店的擬真菜單　125

焼きそば

釜揚げたまご麺使用！
かまあ　　　めん しょう

チャンポンそば ＋ ぎゅうすじ

ふうげつデラックスやきそば
- なみ／ひとたま
- だい／ふたたま

焼きそばはご注文毎に麺をゆで上げますので少々お時間をいただいております。

ソース やきそば 塩 しおそば	● なみ／ひとたま	だい ● なみ／ふたたま	● とくも／みたま

ソース チャンポンそば　ミックス
いか・えび・ぶた・ぎゅうにく

塩 ねぎマヨしおそば
いか・えび

醤 すじこんしょうゆやきそば
ぎゅうすじ・こんにゃく

辛ソース うまからキムチやきそば
いか・ぶた

醤 ねぎごましょうゆやきそば
いか・ぶた

ソース オムそば
いか・ぶた

炒│麵 ya.ki│so.ba

鍋煮│雞蛋│麵│使用！
ka.ma.a.ge│ta.ma.go│me.n│shi.yo.u！

cha.n.po.n│so.ba　gyu.u│su.ji
綜合│麵 ＋ 牛│腱

風月（店家名稱）│豪華│炒│麵
fu.u.ge.tsu│de.ra.k.ku.su│ya.ki│so.ba

● 中／1球麵　　● 大／2球麵
na.mi／hi.to.ta.ma　da.i／fu.ta.ta.ma

炒麵現點現做，請耐心等待。

| ソース 醬炒│麵 | ● 中／1球麵 | ● 大／2球麵 | ● 特大／3球麵 |
| 塩 鹽炒│麵 | na.mi／hi.to.ta.ma | da.i／fu.ta.ta.ma | to.ku.mo／mi.ta.ma |

ソース
綜合│麵
cha.n.po.n│so.ba
章魚・蝦・豬肉・牛肉
i.ka　e.bi　bu.ta　gyu.u.ni.ku

混合
mi.k.ku.su

塩
蔥│美乃滋│鹽│麵
ne.gi│ma.yo│shi.o│so.ba
章魚・蝦
i.ka　e.bi

醬
筋│蒟蒻│醬油│炒│麵
su.ji│ko.n│sho.u.yu│ya.ki│so.ba
牛│筋　　・蒟蒻
gyu.u│su.ji　ko.n.nya.ku

辛ソース
鮮│辣│泡菜│炒│麵
u.ma│ka.ra│ki.mu.chi│ya.ki│so.ba
章魚・豬肉
i.ka　bu.ta

醬
蔥│芝麻│醬油│炒│麵
ne.gi│go.ma│sho.u.yu│ya.ki│so.ba
章魚・豬肉
i.ka　bu.ta

ソース
蛋包│麵
o.mu│so.ba
章魚・豬肉
i.ka　bu.ta

ランチタイム限定 食べ放題!

60分制

お1人様 **1,000円** (税込 1,080円)

焼肉(牛)

- 中落ちカルビ
- リブロース
- 切り落とし生ハラミ（売切御免）
- 肩肉

焼肉(豚)

- 切り落とし豚トロ（売切御免）

焼肉(鶏)

- 鶏ハラミ
- 鶏むね
- 鶏もも
- 鶏ささみ

その他

ご飯、スープ、一品

ご注意

食べ放題ご注文時まずは焼肉盛り合わせを提供いたします こちらを完食後にお好きなメニューをご注文いただけます

※一品の内容は日替わりとなります
※ご飯、スープ、一品はセルフサービスとなります

午餐 | 時段 | 限定
ra.n.chi　ta.i.mu　ge.n.te.i

60分鐘 | 限制
ro.ku.ju.p.pu.n　se.i

吃 | 到飽
ta.be　ho.u.da.i

一位 **1,000円**（含稅 **1,080円**）
o.hi.to.ri.sa.ma　　　　　ze.i.ko.mi

烤肉（牛）
ya.ki.ni.ku　gyu.u

肋排	肋眼牛排
na.ka.o.chi.ka.ru.bi	ri.bu.ro.-.su

売切御免　邊角肉 | 牛 | 橫膈膜肉　　　肩 | 肉
　　　　　ki.ri.o.to.shi | gyu.u | ha.ra.mi　ka.ta | ni.ku

烤肉（豬）
ya.ki.ni.ku | bu.ta

売切御免　邊角肉 | 松阪豬
　　　　　ki.ri.o.to.shi | to.n.to.ro

烤肉（雞）
ya.ki.ni.ku | to.ri

雞橫膈膜肉	雞胸肉	雞腿	雞里肌肉
to.ri.ha.ra.mi	to.ri.mu.ne	to.ri.mo.mo	to.ri.sa.sa.mi

注意
go.chu.u.i

吃到飽點餐注意事項
本店優先提供燒肉拼盤，
請在享用完畢之後再加點其他肉類

燒肉拼盤

其他品項
so.no.ho.ka

白飯, 湯品, 小菜
go.ha.n, su.-.pu, i.p.pi.n

★ 小菜品項每日更換
★ 白飯、湯品及小菜請自取

元八ちょい飲みメニュー
夕方15時から

ランチわりびき 12じから2じまで

生ビール 中ジョッキ 371円(+税)

アルコールメニュー

生中ジョッキ 371円(+税)	レモンハイ	焼酎
生小ジョッキ 278円(+税)	ウーロンハイ	加江田 325円(+税)
びんビール 371円(+税)	カルピスハイ	風の象 325円(+税)
ハイボール 325円(+税)	各325円(+税)	

焼酎ボトルキープできます！ 2,130円(+税)

おつまみメニュー

元八餃子 5個 167円(+税)

- どて煮 297円(+税) 店長おすすめ！
- おつまみ3種盛り 269円(+税)
- ねぎチャーシュー 269円(+税)
- 枝まめ 93円(+税)
- フライドポテト 204円(+税)
- 春巻 1本 93円(+税)
- 揚げ餃子 5個 167円(+税)
- 鶏の唐揚げ 3個 186円(+税)
- 甘辛唐揚げ 3個 2ぁあ(+税)

〆はやっぱり、らーめん！

晚餐｜15點開始
yu.u.ga.ta ｜ ju.u.go.ji.ka.ra

元八 (ga.n.pa.chi)
稍微 (cho.i) ｜ 喝 (no.mi)
菜單 (me.nyu.-)

午餐｜折扣 ra.n.chi ｜ wa.ri.bi.ki
12點｜從｜2點｜到
ju.u.ni.ji ｜ ka.ra ｜ ni.ji ｜ ma.de

生啤酒 na.ma.bi.-.ru
中杯 chu.u ｜ 啤酒杯 jo.k.ki

酒類 a.ru.ko.-.ru
菜單 me.nyu.-

生 ｜ 中杯 ｜ 啤酒杯
na.ma ｜ chu.u ｜ jo.k.ki
生 ｜ 小杯 ｜ 啤酒杯
na.ma ｜ sho.u ｜ jo.k.ki
瓶裝啤酒
bi.n.bi.-.ru
推薦
威士忌高球 ha.i.bo.-.ru

推薦
檸檬 ｜ 高球
re.mo.n ｜ ha.i
烏龍茶 ｜ 高球
u.-.ro.n ｜ ha.i
可爾必思 ｜ 高球
ka.ru.bi.su ｜ ha.i

燒酒 sho.u.chu.u
- 加江田 (品牌名：ka.e.da)
- 風之梟 (品牌名：ka.ze.no.fu.ku.ro.u)

燒酒 ｜ 瓶 ｜ 寄存 ｜ 可以！
sho.u.chu.u ｜ bo.to.ru ｜ ki.-.pu.de.ki.ma.su!
您可以存放燒酒瓶。

下酒菜 o tsu ma mi
菜單 me nyu-

元八 ｜ 餃子
ka.n.pa.chi ｜ gyo.u.za

土手煮
do.te.ni

店長 ｜ 推薦
te.n.cho.u ｜ o.su.su.me

小菜 ｜ 3種 ｜ 拼盤
o.tsu.ma.mi ｜ sa.n shu ｜ mo.ri

蔥 ｜ 叉燒
ne.gi ｜ cha.-.shu.-

毛豆
e.da.ma.me

炸｜薯條
fu.ra.i.do ｜ po.te.to

春捲
ha.ru.ma.ki

煎 ｜ 餃
a.ge ｜ gyo.u.za

鳥 ｜ 的 ｜ 炸物
to.ri ｜ no ｜ ka.ra.a.ge

甜辣 ｜ 炸物
a.ma.ka.ra ｜ ka.ra.a.ge

〆はやっぱり、らーめん！

★ 土手煮：紅味噌燉煮牛筋，是用紅味噌、味醂等燉煮牛筋的料理。

6 看懂餐飲店的擬真菜單　131

こだわり鉄板焼！一品！

玉子鉄板
豚ぺい焼 ¥380
モッチーズ玉子焼 ¥380
すじコンにら玉 ¥380

牛鉄板
ホルモン味噌焼 ¥480
牛ハラミ スタミナ焼 ¥680
牛タンステーキ ¥680

鶏鉄板
ずり焼 ¥380
かわ焼 ¥380
鶏もも鉄板焼 ¥380
せせり焼 ¥480

特撰
馬刺し ¥680
さくらユッケ ¥680

サラダ
明太子ポテトサラダ ¥280
パクチーサラダ ¥380
シーザーサラダ ¥380

鉄板逸品
いかのゲソ鉄板焼 ¥380
山芋とろろ鉄板焼 ¥380
豚バラキムチ炒め ¥480

野菜鉄板
とまとチーズ焼 ¥380
アボカドチーズ ¥380
にんにく野菜炒め ¥380
長芋鉄板焼 ¥480

名物
牛すじ煮込み ¥380
黒豚ひとくち餃子 ¥380

おつまみ
えだまめ ¥180
オニオンスライス ¥180
キムチ ¥180
明石だこのたこわさび ¥180
壺Q ¥280
にがり豆腐 冷奴
なすの浅漬け ¥280

〆の一品
ぼっかけガーリックチャーハン ¥580
そばめし ¥580
ご飯セット ¥200

デザート
バニラアイス ¥120
フローズンレモンバニラ ¥180

※表示価格は税別です。　※お米は国産米を使用しています。

精選 ko.da.wa.ri
鐵板｜燒｜一品
te.p.pa.n　ya.ki　i.p.pi.n

玉子｜鐵板
ta.ma.go｜te.p.pa.n

豚平燒 to.n.pe.i.ya.ki　¥380
牽絲起司｜玉子｜燒
mo.c.chi.-.zu｜ta.ma.go｜ya.ki
牛筋｜蒟蒻｜韭菜｜玉子　¥380
su.ji｜kon｜ni.ra｜tama

牛｜鐵板
gyu.u｜te.p.pa.n

內臟｜味增｜燒 ho.ru.mo.n｜miso｜ya.ki ¥480
牛｜橫隔膜肉｜活力｜燒
gyu.u｜ha.ra.mi｜su.ta.mi.na｜ya.ki
牛｜舌｜烤 gyu.u｜ta.n｜su.te.-.ki ¥680

雞｜鐵板 to.ri｜te.p.pa.n

雞胗｜燒 zu.ri｜ya.ki ¥380
脆皮｜燒 ka.wa｜ya.ki ¥380
雞腿｜鐵板｜燒
to.ri.mo.mo｜te.p.pa.n｜ya.ki ¥380
雞脖子｜燒 se.se.ri｜ya.ki ¥480

特選 to.ku.se.n

馬刺身 ba.sa.shi ¥680
櫻花馬肉拌生蛋黃 sa.ku.ra.yu.k.ke

沙拉 sa.ra.da

明太子｜馬鈴薯｜沙拉
me.n.ta.i.ko｜po.te.to｜sa.ra.da
香菜｜沙拉 pa.ku.chi｜sa.ra.da
季節沙拉 shi.-.za.-.sa.ra.da

鐵板｜極品 te.p.pa.n｜i.p.pi.n

章魚｜的｜腿｜鐵板｜燒
i.ka｜no｜ge.so｜te.p.pa.n｜ya.ki ¥380
山藥｜泥｜鐵板｜燒
ya.ma.i.mo｜to.ro.ro｜te.p.pa.n｜ya.ki
豬五花｜泡菜｜炒 bu.ta.ba.ra｜ki.mu.chi｜i.ta.me ¥480

鮮蔬｜鐵板 ya.sa.i｜te.p.pa.n

番茄｜起司｜燒 ¥380
to.ma.to｜chi.-.zu｜ya.ki
酪梨｜起司 a.bo.ka.do｜chi.-.zu ¥380
大蒜｜蔬菜｜炒
ni.n.ni.ku｜ya.sa.i｜i.ta.me ¥380
山藥｜鐵板｜燒 ¥480
na.ga.i.mo｜te.p.pa.n｜ya.ki

特色菜 me.i.bu.tsu

牛｜筋｜燉煮
gyu.u｜su.ji｜ni.ko.mi ¥380
黑豬肉｜一口｜餃子 ¥380
ku.ro.bu.ta｜hi.to.ku.chi｜gyo.u.za

下酒菜 o.tsu.ma.mi

毛豆 e.da.ma.me ¥180
洋蔥｜薄片 o.ni.on.n｜su.ra.i.su
泡菜 ki.mu.chi ¥180
明石章魚｜的｜章魚｜芥末 a.ka.shi.da.ko｜no｜ta.ko｜wa.sa.bi
壺｜小黃瓜 tsu.bo｜kyu ¥280
鹵水｜豆腐｜冷涼 ni.ga.ri｜to.u.fu｜hi.ya.ya.k.ko
茄子｜的｜淺漬｜冷涼 na.su｜no｜a.sa.zu.ke

飯之單品 me｜no｜i.p.pi.n

牛筋｜蒜香｜炒飯
bo.k.ka.ke｜ga.-.ri.k.ku｜cha.-.ha.n ¥580
炒麵｜飯 so.ba｜me.shi ¥580
白飯｜套餐 go.ha.n｜se.t.to ¥200

甜點 de.za.-.to

香草｜冰淇淋 ba.ni.ra｜a.i.su
冰鎮｜檸檬｜香草
fu.ro.-.zu.n｜re.mo.n｜ba.ni.ra

★ 價格標示不含稅。　★ 飯類使用日本國產米。

* 豚平燒：日式煎蛋包豬肉，一種以豬肉和蛋為主料的日式鐵板料理。
* 小黃瓜的日文為「きゅうり」（kyu.u.ri），因發音類似英文的「Q」字，因此標示為「Q」，是一種俏皮的用法。
* メ：是日文「メシ，me.shi」（白飯）的縮寫。

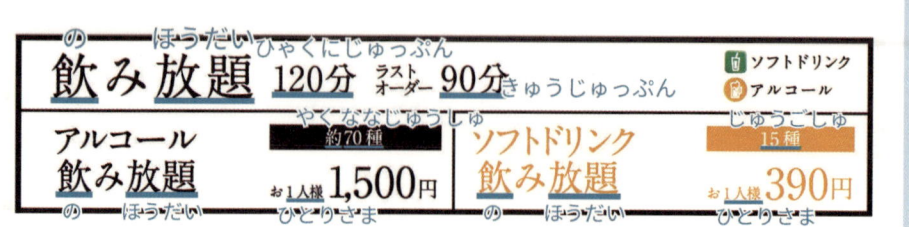

飲み放題 120分 ラストオーダー 90分　　🥤ソフトドリンク　🍺アルコール

アルコール飲み放題　約70種　お1人様 1,500円
ソフトドリンク飲み放題　15種　お1人様 390円

Whisky ウィスキー

乾杯！
ハイボールのコツはクリアなこと。
NIKKA WHISKY BLACK Clear ブラックニッカ クリア

- 🍺 ハイボール 500円
- 🍺 ゆずハイボール 500円
- 🍺 桃ハイボール 500円
- 🍺 梅ハイボール 500円
- 🍺 グレープフルーツハイボール 500円

🍺 ブラックニッカクリア 500円

懐かしい味わいカクテル

- 🍺 カンパリソーダ 480円
- 🍺 カンパリオレンジ 480円
- 🍺 カンパリりんご 480円

Beer ビール

🍺 アサヒ スーパードライ 490円

Sour サワー

レモンサワー

- 🍺 生搾りレモンサワー 480円
- 🍺 カルピスレモンサワー 480円
- 🍺 パクチーレモンサワー 480円
- 🍺 レモンサワー 380円

- 🍺 チュウハイ 350円
- 🍺 カルピスサワー 380円
- 🍺 ゆずサワー 380円
- 🍺 りんごサワー 380円
- 🍺 みかんサワー 380円
- 🍺 グレープフルーツサワー 380円
- 🍺 白桃サワー 380円

在規定的時間內可以無限續點食物或飲料。

喝|到飽|120分鐘	最後|點餐|90分鐘	🚱 無酒精飲料
nomi | ho.u.da.i | hya.ku.ni.ju.p.pu.n	ra.su.to | o.-.da.- | kyu.u.ju.u.p.pu.n	🍺 含酒精飲料

	約70種		15種
酒精飲料 a.ru.ko.-.ru	ya.ku.na.na.ju.u.shu	無酒精飲料 so.fu.to.do.ri.n.ku	ju.u.go.shu
喝|到飽 nomi | ho.u.da.i	每人 o.hi.to.ri.sa.ma **1,500円**	喝|到飽 nomi | ho.u.da.i	每人 o.hi.to.ri.sa.ma **390円**

Whisky 威士忌

NIKKA WHISKY BLACK Clear

- 🍺 高球酒 ha.i.bo.-.ru **500円**
- 🍺 柚子\|高球酒 yu.zu \| ha.i.bo.-.ru
- 🍺 桃子\|高球酒 mo.mo \| ha.i.bo.-.ru
- 🍺 梅子\|高球酒 u.me \| ha.i.bo.-.ru
- 🍺 葡萄柚\|高球酒 gu.re.-.pu.fu.ru.-.tsu \| ha.i.bo.-.ru
- 🍺 黑\|尼卡(品牌名)\|清爽版 **500円**
  bu.ra.k.ku \| ni.k.ka \| ku.ri.a

懷舊\|口味\|雞尾酒
na.tsu.ka.shi.i \| a.ji.wa.i \| ka.ku.te.ru

- 🍺 金巴利\|蘇打 ka.n.pa.ri \| so.-.da **480円**
- 🍺 金巴利\|柳橙 ka.n.pa.ri \| o.re.n.ji
- 🍺 金巴利\|蘋果 ka.n.pa.ri \| ri.n.go

Beer 啤酒

- 🍺 朝日\|超爽\|啤酒 a.sa.hi \| su.-.pa.- \| do.ra.i **490円**

Sour 沙瓦

- 檸檬\|沙瓦 re.mo.n \| sa.wa.-
- 🍺 現榨\|檸檬\|沙瓦 na.ma.shi.bo.ri \| re.mo.n \| sa.wa.- **480円**
- 🍺 可爾必思\|檸檬\|沙瓦 ka.ru.pi.su \| re.mo.n \| sa.wa.- **480円**
- 🍺 香菜\|檸檬\|沙瓦 pa.ku.chi.- \| re.mo.n \| sa.wa.- **480円**
- 🍺 檸檬\|沙瓦 re.mo.n \| sa.wa.- **380円**

- 🍺 燒酎氣泡酒 chu.-.ha.i **350円**
- 🍺 可爾必思\|沙瓦 ka.ru.pi.su \| sa.wa.- **380円**
- 🍺 柚子\|沙瓦 yu.zu \| sa.wa.- **380円**
- 🍺 蘋果\|沙瓦 ri.n.go \| sa.wa.- **380円**
- 🍺 橘子\|沙瓦 mi.ka.n \| sa.wa.- **380円**
- 🍺 葡萄柚\|沙瓦 gu.re.-.pu.fu.ru.-.tsu \| sa.wa.-
- 🍺 白桃\|沙瓦 ha.ku.to.u \| sa.wa.- **380円**

6 看懂餐飲店的擬真菜單 135

定番メニュー

みそ汁付
※そば・うどんセットにみそ汁はつきません。

※季節や天候により商品内容が一部異なる場合がございます。

◆ ごはん 大盛り 93円(税込100円)
　　　　 小盛り 47円(税込50円)

鍋焼きうどん
676円(税込730円)

名物 天丼
484円(税込510円)
海老・いか・白身魚
かぼちゃ・いんげん
※白身魚は海域やエサにより匂いに個体差があります。ご了承ください。

国産 きつねうどん
463円(税込500円)

キムチうどん
621円(税込670円)

カレーうどん
538円(税込580円)

ごちそう 葱そば
815円(税込880円)

スタミナアップ！
プラス100円で大盛り
720円 (税込810円)
牛肉の量が2倍のボリューム満点、牛肉をガッツリと味わいたい方におすすめのスタミナメニューです！玉子と絡めてどうぞ！

おにぎり 2個
200円(税込220円)

おもち
294円(税込310円)

ジャンボいなり 2個
280円(税込300円)

136

味噌湯 | 附贈
mi.so.shi.ru | zu.ke
※蕎麥麵・烏龍麵│套餐 so.ba・u.do.n│se.tto.ni
※味噌湯│不包含在內 mi.so.shi.ru.wa│tsu.ki.ma.se.n

★季節和│天氣的變化│商品內容│部分│供應不足│情況│會有。
ki.se.tsu.ya│te.n.ko.u.ni.yo.ri│sho.u.hi.n.na.i.yo.u.ga│i.chi.bu│ko.to.na.ru│ba.a.i.ga│go.za.i.ma.su

◆ 飯 go.ha.n　大碗 93円（含稅 100円）
　　　　　　　小碗 47円（含稅 50円）

招牌│菜單
te.i.ba.n│me.nyu.-

鍋燒│烏龍麵
na.be.ya.ki│u.do.n
676円（含稅 730円）
ze.i.ko.mi

特色料理
me.i.bu.tsu

天婦羅丼飯
de.n.do.n
484円（含稅 510円）
ze.i.ko.mi

蝦 e.bi・魷魚 i.ka・白肉魚 shi.ro.mi.za.ka.na・南瓜 ka.bo.cha・四季豆 in.ge.n

★白肉魚口味可能會因為海域或飼料不同而有所差異，敬請見諒。
shi.ro.mi.za.ka.na.wa ka.i.i.ki.ya e.sa.ni.yo.ri ni.o.i.ni ko.ta.i.sa.ga a.ri.ma.su. go.ryo.u.sho ku.da.sa.i

國產
ko.ku.sa.n

豆皮│烏龍麵
ki.tsu.ne│u.do.n
463円（含稅 500円）
ze.i.ko.mi

咖哩│烏龍麵
ka.re.-│u.do.n
538円（含稅 580円）
ze.i.ko.mi

泡菜│烏龍麵
ki.mu.chi│u.do.n
621円（含稅 670円）
ze.i.ko.mi

精選料理
go.chi.so.u

蔥花│蕎麥麵
ne.gi│so.ba
815円（含稅 880円）
ze.i.ko.mi

提升精力！
su.ta.mi.na.a.p.pu

加價│百元│加大份量
pu.ra.su│100.en.n.de│o.o.mo.ri

720円
（含稅 810円）
ze.i.ko.mi

牛肉份量加倍，份量十足，是推薦給想大口吃牛肉的人享用的補氣料理。請攪拌蛋汁一併享用！
gyu.u.ni.ku.no.ryo.u.ga ni.ba.i.no.bo.ryu.-.mu.ma.n.te.n, gyu.u.ni.ku.o ga.t.tsu.ri.to a.ji.wa.i.ta.i ka.ta.ni o.su.su.me. no su.ta.mi.na.me.nyu.-.de.su. ta.ma.go.to ka.ra.me.te. do.u.zo!

御飯糰│2個
o.ni.gi.ri│ni.ko
200円（含稅 220円）
ze.i.ko.mi

麻糬
o.mo.chi
294円（含稅 310円）
ze.i.ko.mi

特大│豆皮壽司│2個
ja.n.bo│i.na.ri│ni.ko
538円（含稅 580円）
ze.i.ko.mi

※表示価格は全て本体価格(税抜価格)です。

Coffee & Espresso

以下は全て+¥50でディカフェに変更できます。
(一部店舗は対象外となります。)

	レギュラー	ラージ
ドリップコーヒー	300	340
カフェアメリカーノ	320	360
カフェラッテ	370	410
カプチーノ	370	410
キャラメルマキアート	420	460
カフェモカ	440	480
ホワイトモカ	440	480

Non Coffee

	ホット	アイス
バニラチョコレート	400	450
抹茶 ティーラテ	430	470
ゆず シトラス ティー	370	410
チャイティーラテ	370	410
ほうじ茶	340	380
アールグレイ	340	380
カモミール	340	380
ミント シトラス	340	380

Food menu

※商品の一部を予告なく変更、終了することがありますので、あらかじめご了承ください。

サンドイッチ A ¥410
生ハム・ボンレスハム・ボローニャソーセージ

サンドイッチ B ¥480
エビ・サーモン・カマンベール

ホットドッグ ¥260

新しいメニュー

おすすめ☆ ベジタリアンサンドイッチ
大豆のミート 豆と野菜の
トマトサンド ¥450

トースト ¥440

チーズトースト ¥250

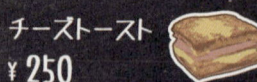

クロックムッシュ ¥330

★ 標示價格均為商品本體價格（未稅價格）
hyo.u.ji.ka.ka.ku.wa su.be.te ho.n.ta.i ka.ka.ku (ze.i.nu.ki ka.ka.ku) de.su

Coffee & Espresso

以下所有品項都可以加價50¥更換成無咖啡因飲料。
i.ka.wa su.be.te + 50.en.de di.ka.fe.ni he.n.ko. de.ki.ma.su.

（部分店鋪不適用。）
(i.chi.bu te.n.po.wa ta.i.sho.u.ga.i.to na.ri.ma.su)

	re.gyu.ra.- 中杯	ra.-.ji 大杯
手沖｜咖啡 do.ri.p.pu｜ko.-.hi.-	300	340
咖啡｜美式 ka.fe｜a.me.ri.ka.-.no	320	360
咖啡｜拿鐵 ka.fe｜ra.t.te	370	410
卡布奇諾 ka.pu.chi.-.no	370	410
焦糖｜瑪奇朵 kya.ra.me.ru｜ma.ki.a.-.to	420	460
咖啡｜摩卡 ka.fe｜mo.ka	440	480
白巧克力｜摩卡 ho.wa.i.to｜mo.ka	440	480

Non Coffee

	ho.t.to 熱	a.i.su 冰
香草｜巧克力 ba.ni.ra｜cho.ko.re.-.to	400	450
抹｜茶｜咖啡 ma.c.cha｜ti.-｜ra.te	430	470
柚子｜柑橘｜茶 yu.zu｜shi.to.ra.su｜ti.-	370	410
印度｜奶茶｜拿鐵 cha.i｜ti.-｜ra.te	370	410
焙｜茶 ho.u.ji｜cha	340	380
伯爵茶 a.-.ru.gu.re.i	340	380
洋甘菊茶 ka.mo.mi.-.ru	340	380
薄荷｜香橙茶 mi.n.to｜shi.to.ra.su	340	380

Food menu

★ 商品內容可能在未經預告的情況下變更或終止，敬請見諒。
sho.u.hi.n.no i.chi.bu.o yo.ko.ku.na.ku.he.n.ko.u.shu.u.ryo.u.su.ru.ko.
to.ga a.ri.ma.su.no.de, a.ra.ka.ji.me go.ryo.u.sho.u.ku.da.sa.i.

sa.n.do.i.c.chi
三明治 A ¥ 410
生火腿 na.ma.ha.mu｜去骨火腿 bo.n.re.su.ha.mu｜波隆那 bo.ro.-.nya｜香腸 so.-.se.-.ji

sa.n.do.i.c.chi
三明治 B ¥ 480
蝦 e.bi｜鮭魚 sa.-.mo.n｜卡門貝爾起司 ka.ma.n.be.-.ru

ho.t.to.do.g.gu
熱狗 ¥ 260

☆推薦 o.su.su.me
新菜單
a.ta.ra.shi.i me.nyu.-

sa.n.do.i.c.chi
蔬菜三明治 ¥ 450
素肉 da.i.zu.no.mi.-.to｜豆類與蔬菜的 ma.me.to.ya.sa.i.no｜番茄 to.ma.to｜三明治 sa.n.do

to.-.su.to
吐司 ¥ 440

chi.-.zu｜to.-.su.to
起司｜吐司 ¥ 250

ku.ro.k.ku.mu.shu
火腿起司烤吐司 ¥ 330

モーニング セット ¥50 ★ディスカウント★

サンドイッチ + ドリンク メニュー

午前 10:30 まで

すべての商品がお持ち帰りもできます

Aセット	ベーコンエッグ&厚切りバターサンド ¥720 一番人気！	Bセット	ハムチーズレタスサンドイッチ ¥700
Cセット	カリカリチキンサンドイッチ ¥750	Dセット	フレッシュサーモンサンド ¥740

※表示価格はすべて税込価格です。

デザート セット ¥50 ★ディスカウント★

セットドリンクは、コーヒー・オレンジジュース・紅茶・カフェインレスのミルク珈琲からお選びいただけます。

Eセット	ロールケーキ ¥450	Fセット	アップルパイ ¥420	Gセット	チョコレートクッキー ¥400
Hセット	熊本県産和栗のモンブラン ¥500	Iセット	ベイクドチーズケーキ ¥430	Jセット	北海道産かぼちゃのタルト ¥400

※商品の一部を予告なく変更、終了することがありますので、あらかじめご了承ください。

早晨┃套餐 mo.o.ni.n.gu ┃ se.t.to
三明治＋飲料┃菜單　　　　　　¥50
sa.n.do.i.c.chi + do.ri.n.ku ┃ me.nu.-　★優惠 di.su.ka.u.n.to★

上午 go.zen
10:30
前 ma.de

所有商品外帶皆可
su.be.te.no sho.u.hi.n.ga o.mo.chi.ka.e.ri de.ki.ma.su

A 套餐 se.t.to ┃ 培根┃蛋&厚切┃奶油┃三明治
be.-.ko.n ┃ e.g.gu & a.tsu.gi.ri ┃ ba.ta.- ┃ sa.n.do
¥720
人氣第一 i.chi.ba.n.ni.n.ki

B 套餐 se.t.to ┃ 火腿┃起司┃生菜┃三明治
ha.mu ┃ chi.-.zu ┃ re.ta.su ┃ sa.n.do.i.c.chi
¥700

C 套餐 se.t.to ┃ 香脆┃雞肉┃三明治
ka.ri.ka.ri ┃ chi.ki.n ┃ sa.n.do.i.c.chi
¥750

D 套餐 se.t.to ┃ 新鮮┃鮭魚┃三明治
fu.re.s.shu ┃ sa.-.mo.n ┃ sa.n.do
¥740

★ 標示┃價格┃皆為┃含稅價格。
hyo.u.ji ┃ ka.ka.ku.wa ┃ su.be.te ┃ ze.i.ko.mi.ka.ku.de.su.

甜點┃套餐 de.za.-.to ┃ se.t.to　　¥50　★優惠 di.su.ka.u.n.to★

套餐飲料可從咖啡、柳橙汁、紅茶、無咖啡因牛奶咖啡中選擇。
se.t.to do.ri.n.ku wa ko.-.hi.- o.re.n.ji ju.su kou.cha ka.fe.i.n.re.su.no mi.ru.ku.ko.-.hi- ka.ra o.e.ra.bi. i.ta.da.ke.ma.su.

E 套餐 se.t.to ┃ 蛋糕捲
ro.-.ru.ke.-.ki
¥450

F 套餐 se.t.to ┃ 蘋果派
a.p.pu.ru.pa.i
¥420

G 套餐 se.t.to ┃ 巧克力餅乾
cho.ko.re.-.to.ku.k.ki.-
¥400

H 套餐 se.t.to ┃ 熊本縣產┃日本栗子┃蒙布朗蛋糕
ku.ma.mo.to.ke.n.sa.n ┃ wa.gu.ri.no ┃ mo.n.bu.ra.n
¥500

I 套餐 se.t.to ┃ 烤┃起司┃蛋糕
be.i.ku.do ┃ chi.-.zu ┃ ke.-.ki
¥430

J 套餐 se.t.to ┃ 北海道產┃南瓜┃塔
ho.k.ka.i.do.sa.n ┃ ka.bo.cha.no ┃ ta.ru.to
¥400

★商品內容可能在未經預告的情況下變更或終止，敬請見諒。
sho.u.hi.n.no i.chi.bu.o yo.ko.ku.na.ku.he.n.ko.u.shu.u.ryo.u.su.ru.ko.to.ga a.ri.ma.su.no.de, a.ra.ka.ji.me go.ryo.u.sho.u.ku.da.sa.i.

#ダイエットは明日から

究極の生クリームのストロベリーミルクパンケーキ　￥895(税込￥983)

焼きたてのオリジナルパンケーキに、原料と製法にこだわった究極の生クリームをたっぷりとかけてます!

#大人気
new!

究極の生クリームのハニーミルクバナナパンケーキ　￥990(税込￥1090)

#スイーツボム

せんべいにのせた特製ジェラート　￥785(税込￥865)

ミルキージェラートドリンクセット　￥780(税込￥860)

#コンフォートフード

・ドリンク・

hot beverages

- ★ ホットコーヒー …………… ￥410
- ★ カフェラテ ………………… ￥460
- ★ エスプレッソ ……………… ￥410
- ★ ホットハニーミルク ……… ￥410
- ★ ホットココア ……………… ￥410
- ★ 紅茶 ………………………… ￥410
- ★ 青森のアップルティー …… ￥410
- ★ レッドティー ……………… ￥410
  (ローズヒップとハイビスカス)
- ★ マシュマロホットチョコレート …… ￥510

cold beverages

- ★ アイスコーヒー …………… ￥410
- ★ アイスカフェラテ ………… ￥460
- ★ アイスティ ………………… ￥410
- ★ 津軽りんご100%ジュース … ￥450
- ★ コーラ ……………………… ￥410
- ★ みしまサイダ ……………… ￥410
- ★ 青森シードル (アルコール) … ￥660
- ★ ビール ピルスナー (アルコール) … ￥410
- ★ 奥入瀬 ビール ピルスナー …… ￥660
  (アルコール)

da.i.e.t.to.wa | a.shi.ta | ka.ra
減肥 | 從明天 | 開始

da.i.ni.n.ki

極致 | 生奶油 | 草莓 | 牛奶 | 鬆餅
kyu.u.kyo.ku.no | na.ma.ku.ri.-.mu.no | su.to.ro.be.ri.- | mi.ru.ku | pa.n.ke.-.ki

¥895 (含稅 ¥983)
ze.i.ko.mi

在剛出爐的原創鬆餅上，豪邁淋上對原料和製法極致講究的生奶油！

ya.ki.ta.te.no o.ri.ji.na.ru pa.n.ke.-.ki.ni ge.n.ryo.u.to se.i.ho.u.ni ko.da.wa.t.ta kyu.u.kyo.ku. no na.ma.ku.ri.-.mu.o ta.p.pu.ri.to ka.ke.te.ma.su!

da.i.ni.n.ki
#超人氣
new!

極致 | 生奶油 | 蜂蜜 | 牛奶 | 香蕉 | 鬆餅
kyu.u.kyo.ku.no na.ma.ku.ri.-.mu.no ha.ni.- | mi.ru.ku | ba.na.na | pa.n.ke.-.ki

¥990 (含稅 ¥1090)
ze.i.ko.mi

su.i.-.tsu | bo.mu
#甜點 | 炸彈

放在仙貝上之 | 特製 | 義式冰淇淋
se.n.be.i.ni.no.se.ta | to.ku.se.i | je.ra.-.to

¥785 (含稅 ¥865)
ze.i.ko.mi

牛奶 | 冰淇淋 | 飲品 | 套餐
mi.ru.ki.- | je.ra.-.to | do.ri.n.ku | se.t.to

¥780 (含稅 ¥860)
ze.i.ko.mi

ko.n.fo.-.to | fu.-.do
#療癒 | 食物

hot beverages

★ 熱 咖啡 ho.t.to ko.-.hi.-	¥410
★ 咖啡拿鐵 ka.fe.ra.te	¥460
★ 義式濃縮咖啡 e.su.pu.re.s.so	¥410
★ 熱 蜂蜜 牛奶 ho.t.to ha.ni.- mi.ru.ku	¥410
★ 熱 可可 ho.t.to ko.ko.a	¥410
★ 紅茶 ko.u.cha	¥410
★ 青森的 蘋果 茶 Ao.mo.ri.no a.p.pu.ru ti.-	¥410
★ 紅 茶 re.d.do ti.- (玫瑰果 與 洛神花 ro.-.zu.hi.p.pu to ha.i.bi.su.ka.su)	¥410
★ 棉花糖 熱 可可 ma.shu.ma.ro ho.t.to cho.ko.re.-.to	¥510

cold beverages

★ 冰 咖啡 a.i.su ko.-.hi.-	¥410
★ 冰 咖啡拿鐵 a.i.su ka.fe.ra.te	¥460
★ 冰 茶 a.i.su ti.-	¥410
★ 津輕 蘋果 100% 果汁 Tsu.ga.ru ri.n.go 100% ju.-.su	¥450
★ 可樂 ko.-.ra	¥410
★ 三島 蘇打 Mi.shi.ma sa.i.da	¥410
★ 青森 蘋果酒 Ao.mo.ri shi.-.do.ru (酒精飲料 a.ru.ko.-.ru)	¥660
★ 啤酒 皮爾森 bi.-.ru pi.ru.su.na.- (酒精飲料 a.ru.ko.-.ru)	¥410
★ 奧入瀨 啤酒 皮爾森 o.i.ra.se bi.-.ru pi.ru.su.na.- (酒精飲料 a.ru.ko.-.ru)	¥660

★ 青森：生產日本一半蘋果的地區。
★ 津輕蘋果：常被稱為青森蘋果的蘋果品種。

6 看懂餐飲店的擬真菜單 143

いわし	あじ	さより	しらうお	のどぐろ	むつ	あなご	いさき
さば	きす	ホシガレイ	すずき	あいなめ	おこぜ	ほうぼう	コウイカ
こはだ	かわはぎ	かんぱち	きんめだい	はた	まだい	ぶり	ひらめ
まぐろ	しろえび	あまえび	しゃこ	ずわいがに	しまえび	ぼたんえび	いくら

沙丁魚	i.wa.shi
竹筴魚	a.ji
針魚	sa.yo.ri
白魚	shi.ra.u.o
赤鮭	no.do.gu.ro
牛眼鯥	mu.tsu
星鰻	a.na.go
雞魚	i.sa.ki
鯖魚	sa.ba
白丁魚	ki.su
星鰈	ho.shi.ga.re.i
鱸魚	su.zu.ki
六線魚	a.i.na.me
老虎魚	o.ko.ze
紅魴鮄	ho.u.bo.u
墨魚	ko.u.i.ka
窩斑鰶	ko.ha.da
鹿角魚	ka.wa.ha.gi
鰤鯛	ka.n.pa.chi
金目鯛	ki.n.me.da.i
石斑魚	ha.ta
真鯛	ma.da.i
鰤魚	bu.ri
比目魚	hi.ra.me
鮪魚	ma.gu.ro
對蝦	shi.ro.e.bi
甜蝦	a.ma.e.bi
沙蛄	sha.ko
帝王蟹	zu.wa.i.ga.ni
花蝦	shi.ma.e.bi
牡丹蝦	bo.ta.n.e.bi
鮭魚卵	i.ku.ra

6. 看懂餐飲店的擬真菜單　145

L'Arpège

Pan-Fried Shrimp with Caramelized Polenta
海老のポワレポレンタのキャラメリゼ添え
　　えび　　　　　　　　　　　　　　　ぞ

White Asparagus and Egg Velouté Cépe Mushrooms in Hazelnut Oil
卵とホワイトアスパラガスのヴェルーテセップ茸と
たまご　　　　　　　　　　　　　　　　　　　きのこ
ヘーゼルナッツオイル添え
　　　　　　　　　　　ぞ

Butter-Roasted the Prefectural Fish with Peppery Nasturtium Sauce
Fresh Herbs Salad from Our Farm
近海鮮魚のポワレペッパー風味ナスタチュームのソース
きんかいーせんぎょ　　　　　ふうみ
自家菜園のハーブサラダ添え
じかーさいえん　　　　　ぞ

Roast Agu Pork from Yanbaru Lightly Smmered Seasonal Vegetables
やんばる島豚あぐーのロースト　季節野菜の軽い煮込み
　　　しまーぶた　　　　　　　きせつーやさい　かる　にこ

Avant Dessert
アヴァンデセール

Millfeuille of Almond Tuil and Strawberries
アーモンドチュイルと苺のミルフィーユ
　　　　　　　　　いちご

Petits Fours
プティフール

Coffee or Tea
コーヒー又は紅茶
　　　また　こうちゃ

￥25,000

　　　　　　　　　　　　しょうひぜいふく
ひょうじーりょうきん　表示料金には消費税が含まれております。
また、別途サービス料を加算させていただきます。
　　　べっと　　　　　りょう　かさん

★香煎 po.wa.re (ポワレ)：法國料理中將黃油等油脂放入平底鍋加熱的烹飪方法。
★玉米糊 po.re.n.ta (ポレンタ)：用粗磨的玉米粉煮成的食物。
★焦糖化 kya.ra.me.ri.ze (キャラメリゼ)：通過加熱砂糖等糖類使其變成褐色後製成的點心。
★濃湯 be.ru.-.te (ヴェルーテ)：濃稠的奶油濃湯。
★牛肝菌 se.p.pu.ta.ke (セップ茸)：主要用於法國料理的牛肝菌菇。

L'Arpege

Pan-Fried Shrimp with Caramelized Polenta
香煎蝦佐焦糖玉米糊
蝦子｜＊香煎｜＊玉米糊｜焦糖化｜佐
e.bi.no｜＊po.wa.re｜＊po.re.n.ta no｜＊kya.ra.me.ri.ze｜zo.e

White Asparagus and Egg Velouté Cépe Mushrooms in Hazelnut Oil
雞蛋與白蘆筍的濃湯佐牛肝菌與榛果油
雞蛋和｜白蘆筍的｜＊濃湯｜＊牛肝菌｜榛果油｜佐
ta.ma.go to｜ho.wa.i to a.su.pa.ra.ga.su no｜＊be.ru.-.te｜＊se.p.pu.ta.ke to he.-.ze.ru.na.t. tsu｜o.i.ru｜zo.e

Butter-Roasted the Prefectural Fish with Peppery Nasturtium Sauce
Fresh Herbs Salad from Our Farm
香煎近海鮮魚佐胡椒風味金蓮花醬汁與自家種植香草沙拉
近海鮮魚｜香煎｜胡椒｜風味｜金蓮花｜醬汁｜自家種植｜香草沙拉｜佐
ki.n.ka.i se.n.gyo no｜po.wa.re｜pe.p.pa.-｜fu.u.mi｜na.su.ta.chu.-.mu no so.-.su｜ji.ka.sa.i.e.n no｜ha.-.bu.sa.ra.da｜zo.e

Roast Agu Pork from Yanbaru Lightly Smmered Seasonal Vegetables
沖繩阿古豬香烤排佐時蔬輕燉
沖繩山原｜島豬｜＊阿古豬｜燒烤｜季節蔬菜的｜清爽｜燉煮
ya.n.ba.ru｜shi.ma.bu.ta｜＊a.gu.- no｜ro.-.su.to｜ki.se.tsu.ya.sa.i no｜ka.ru.i｜ni.ko.mi

Avant Dessert
餐後小點
＊餐後小點
＊a.va.n.de.se.-.ru

Millfeuille of Almond Tuil and Strawberries
杏仁薄餅佐草莓千層酥
杏仁｜＊薄餅｜佐｜草莓｜＊千層酥
a.-.mo.n.do｜＊chu.i.ru to｜i.chi.go no｜＊mi.ru.fi.-.yu

Petits Fours
精緻小茶點
＊精緻小茶點
＊pu.ti.fu.-.ru

Coffee or Tea
咖啡或紅茶
咖啡｜或｜紅茶
ko.-.hi.-｜ma.ta.wa｜ko.u.cha

￥25,000
標示價格已含消費稅。
標示價格｜消費稅｜已經包含
hyo.u.ji.ryo.u.ki.n.wa｜sho.u.hi.ze.i.ga｜fu.ku.ma.re.te.o.ri.ma.su
此外，還會額外收取服務費。
此外｜額外｜服務費｜加上｜收取
ma.ta｜be.t.to｜sa.-.bi.su.ryo.u o｜ka.sa.n｜sa.se.te.i.ta.da.ki.ma.su

★ 阿古豬 a.gu.- (あぐー)：阿古豬，沖繩在地黑毛豬「阿古豬」品種。
★ 餐後小點 a.va.n.de.se.-.ru (アヴァンデセール)：常見於法式或高級餐廳中，用來銜接主菜與甜點的一道輕盈甜品。
★ 薄餅 chu.i.ru (チュイル)：法式酥脆薄餅，帶有甜味或鹹味。
★ 千層酥 mi.ru.fi.-.yu (ミルフィーユ)：由多層麵粉團製成，烤至酥脆的法式酥皮點心。
★ 精緻小茶點 pu.ti.fu.-.ru (プティフール)：餐後搭配咖啡或茶的小蛋糕，常在法式套餐的最後，隨咖啡或茶一同上桌。

6 看懂餐飲店的擬真菜單 147

逸品 カスタムラーメン

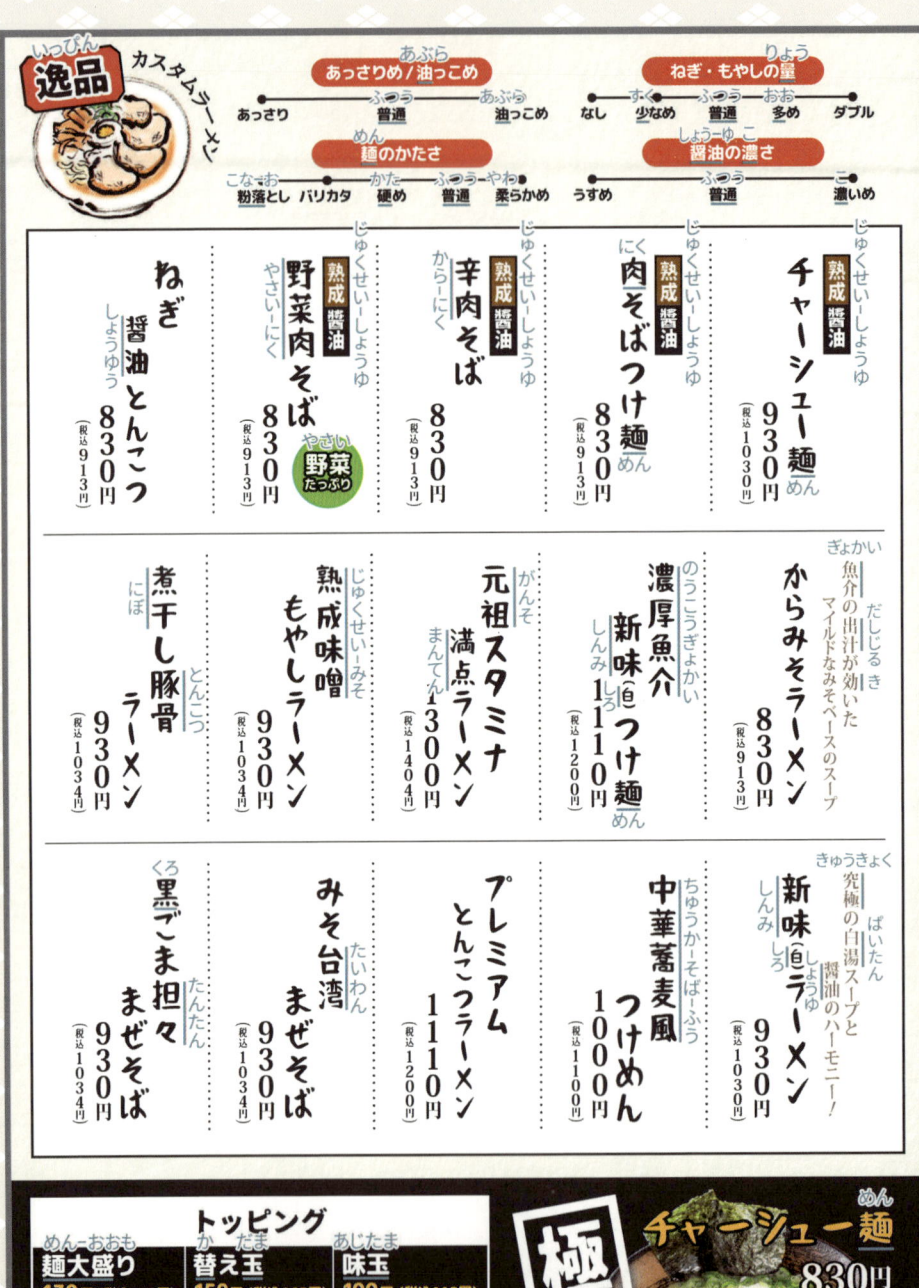

あっさりめ / 油っこめ: あっさり — 普通 — 油っこめ

ねぎ・もやしの量: なし — 少なめ — 普通 — 多め — ダブル

麺のかたさ: 粉落とし — バリカタ — 硬め — 普通 — 柔らかめ

醤油の濃さ: うすめ — 普通 — 濃いめ

ねぎ 醤油とんこつ	(税込)913円
野菜肉そば（熟成醤油）やさい・にく 野菜たっぷり	(税込)913円 830円
辛肉そば（熟成醤油）からにく	(税込)913円 830円
肉そばつけ麺（熟成醤油）にく・めん	(税込)913円 830円
チャーシュー麺（熟成醤油）めん	(税込)1030円 930円

煮干し豚骨ラーメン にぼ・とんこつ	(税込)1034円 930円
熟成味噌もやしラーメン じゅくせい・みそ	(税込)1034円 930円
元祖スタミナ満点ラーメン がんそ・まんてん	(税込)1404円 1300円
濃厚魚介 新味(白)つけ麺 のうこうぎょかい・しんみしろ・めん	(税込)1200円 1110円
からみそラーメン 魚介の出汁が効いたマイルドなみそベースのスープ	(税込)913円 830円

黒ごま担々まぜそば くろ・たんたん	(税込)1034円 930円
みそ台湾まぜそば たいわん	(税込)1034円 930円
プレミアムとんこつラーメン	(税込)1200円 1110円
中華蕎麦風つけめん ちゅうか・そば・ふう	(税込)1100円 1000円
新味(白)ラーメン しんみしろ・しょうゆ 究極の白湯スープと醤油のハーモニー！ ぱいたん	(税込)1030円 930円

トッピング

めん-おおも 麺大盛り	かえだま 替え玉	あじたま 味玉
130円 (税込145円)	150円 (税込165円)	100円 (税込110円)

なまたまご 生玉子	おんせんたまご 温泉玉子	チャーシュー2枚
50円 (税込60円)	110円 (税込120円)	190円 (税込209円)

メンマ増量	にく増量 そうりょう 肉増量	ゆでやさい 茹で野菜
140円 (税込154円)	190円 (税込209円)	140円 (税込154円)

極旨 チャーシュー麺 830円

※写真はイメージです。

精選 ka.su.ta.mu
客製化 拉麵 ra-me.n

清爽▌濃郁 a.s.sa.ri.me ▌ a.bu.ra.k.ko.me
a.s.sa.ri　　fu.tsu.u　　a.bu.ra.k.ko.me

麵條▌軟硬度 me.n.no ▌ ka.ta.sa
ba.ri.ka.ta　　　　fu.tsu.u
ko.na.o.to.shi　ka.ta.me　ya.wa.ra.ka.me

蔥・豆芽▌份量 ne.gi・mo.ya.shi no ▌ ryo.u
na.shi su.ku.na.me　fu.tsu.u　o.o.me　da.bu.ru

醬油▌濃度 so.u.yu.no ▌ ko.sa
u.su.me　　fu.tsu.u　　ko.i.me

蔥 ne.gi ▌ 醬油 sho.u.yu ▌ 豚骨 to.n.ko.tsu
830円 (含税 913円) ze.i.ko.mi

蔬菜 ya.sa.i ▌ 蕎麥 so.ba ▌ 麵 me.n
熟成 ju.ku.se.i ▌ 醬油 sho.u.yu ▌ 肉片 ni.ku
830円 (含税 913円) ze.i.ko.mi

ya.sa.i 蔬菜滿點 ta.p.pu.ri

辣味 ka.ra ▌ 肉片 ni.ku ▌ 蕎麥 so.ba
熟成 ju.ku.se.i ▌ 醬油 sho.u.yu ▌ 麵 me.n
830円 (含税 913円) ze.i.ko.mi

肉片 ni.ku ▌ 蕎麥 so.ba ▌ 沾 tsu.ke ▌ 麵 me.n
熟成 ju.ku.se.i ▌ 醬油 sho.u.yu
830円 (含税 913円) ze.i.ko.mi

叉燒 cha.-shu.- ▌ 麵 me.n
熟成 ju.ku.se.i ▌ 醬油 sho.u.yu
930円 (含税 1030円) ze.i.ko.mi

加入海鮮｜高湯的｜溫和｜味噌｜湯底 gyo.ka.i.no｜da.shi.ji.ru.ga.ki.i.ta｜ma.i.ru.do.na｜mi.so.be.-.su no｜su.-.pu

---

魚乾 ni.bo.shi ▌ 豚骨 to.n.ko.tsu ▌ 拉麵 ra-me.n
930円 (含税 1034円) ze.i.ko.mi

豆芽 mo.ya.shi ▌ 拉麵 ra-me.n
熟成 ju.ku.se.i ▌ 醬油 sho.u.yu
930円 (含税 1034円) ze.i.ko.mi

元祖 ga.n.so ▌ 精力 su.ta.mi.na ▌ 滿點 ma.n.te.n ▌ 拉麵 ra-me.n
1300円 (含税 1404円) ze.i.ko.mi

濃郁 no.u.ko.u ▌ 海鮮 gyo.ka.i ▌ 新口味 shi.n(shi.ro) ▌ 沾 tsu.ke ▌ 麵 me.n （白）
1110円 (含税 1200円) ze.i.ko.mi

辣味 ka.ra ▌ 味噌 mi.so ▌ 拉麵 ra-me.n
830円 (含税 913円) ze.i.ko.mi

究極｜白湯｜湯頭與｜醬油的｜完美交響 kyu.u.kyo.ku.no｜pa.i.ta.n｜su.-.pu.to｜sho.u.yu.no｜ha.-.mo.ni.-

---

黑芝麻 ku.ro.go.ma ▌ 擔擔拌麵 ta.n.ta.n.ma.ze.so.ba
930円 (含税 1034円) ze.i.ko.mi

味噌 mi.so ▌ 台灣 ta.i.wa.n ▌ 拌麵 ma.ze.so.ba
930円 (含税 1034円) ze.i.ko.mi

高級 pu.re.mi.a.mu ▌ 豚骨 to.n.ko.tsu ▌ 拉麵 ra-me.n
1110円 (含税 1200円) ze.i.ko.mi

中華 chu.u.ka ▌ 蕎麥 so.ba ▌ 風味 fu.u ▌ 沾 tsu.ke ▌ 麵 me.n
1000円 (含税 1100円) ze.i.ko.mi

新口味（白） shi.n(shi.ro) ▌ 拉麵 ra-me.n
930円 (含税 1030円) ze.i.ko.mi

配料 to.p.pi.n.gu

麵｜大份 me.n｜o.o.mo.ri **130円** (含税 145円)	加麵 ka.e.da.ma **150円** (含税 165円)	溏心蛋 a.ji.ta.ma **100円** (含税 110円)
生雞蛋 na.ma.ta.ma.go **50円** (含税 60円)	溫泉蛋 o.n.se.n.ta.ma.go **110円** (含税 120円)	叉燒 2片 cha.-.shu.- ni.ma.i **190円** (含税 209円)
竹筍｜增量 me.n.ma zo.u.ryo.u **140円** (含税 154円)	肉片｜增量 ni.ku zo.u.ryo.u **190円** (含税 209円)	水煮｜蔬菜 yu.de ya.sa.i **140円** (含税 154円)

超級美味 go.ku.u.ma
叉燒▌麵 cha.-.shu.-.me.n
830円
★照片為▌示意圖 sha.si.n.wa ｜ i.me-ji.de.su

北海道ミルク

★お持ち帰り(もちかえ)のお客様(きゃくさま)★
追加(ついか)のスプーンは別売(べつばい)(5円)となります何卒(なにとぞ)ご了承(りょうしょう)くださいませ

コーン
シングル	ダブル	トリプル
+0円	+150円	+300円

カップ
シングル	ダブル	トリプル
+0円	+150円	+300円

アイス&ジェラート
※ショーケースからお好(す)きな味(あじ)をお選(えら)びください

チョコバニラ
濃厚(のうこう)バニラを使用(しよう)した
ジェラートです
380円

ミルクチョコ
高品質(こうひんしつ)なチョコレートと
新鮮(しんせん)なミルクの優(やさ)しい甘(あま)さ
400円

シナモンバニラ
シナモンとブラック
ペッパーを効かせたフレーバー
380円

パイナップル
豊(ゆた)かな香(かお)りが人気(にんき)の
フレーバー
400円

チョコミント
夏季限定(かきげんてい)フレーバーと
して発売(はつばい)
400円

ソフトフルーツ
上質(じょうしつ)な味(あじ)わいの
フレーバーです
420円

キウイ
キウイがたっぷりの
ミルキーなジェラート
400円

レモン
清涼感(せいりょうかん)ナンバー1の
フルーツジェラート
400円

ピーナッツキャラメル
お子様(こさま)人気(にんき)不動(ふどう)のNO.1
410円

ウォールナッツ
栄養価(えいようか)の高(たか)いイタリア
ピエモンテのクルミを使用(しよう)
400円

バナナ
甘(あま)く熟(じゅく)したバナナの
味(あじ)わいが楽(たの)しめます
420円

ストロベリー
イチゴの粒々(つぶつぶ)食感(しょっかん)が
感(かん)じられる濃厚(のうこう)ソルベ
420円

コーヒー
甘(あま)いミルクコーヒー
味(あじ)のジェラートです
420円

オレンジ
番好評(ばんこうひょう)だった
フレーバーです
400円

アーモンド
贅沢(ぜいたく)でクリーミーな
フレーバー
450円

ho.k.ka.i.do | mi.ru.ku
北海道 | 牛奶

★ 外帶 | 客人 ★
o.mo.chi.ka.e.ri.no | o.kya.ku.sa.ma

追加的 | 湯匙 | 需另行購買（5日圓） | 敬請 | 見諒
tsu.i.ka.no | su.pu.-.n wa | be.tsu.ba.i. (go.e.n) to na.ri.ma.su | na.ni.to.zo | go.ryo.u.sho.u.ku.da.sa.i.ma.se.

甜筒 ko.-.n

shi.n.gu.ru　da.bu.ru　to.ri.pu.ru
單球　　雙球　　三球
＋0日圓　＋150日圓　＋300日圓

杯子 ka.p.pu

shi.n.gu.ru　da.bu.ru　to.ri.pu.ru
單球　　雙球　　三球
＋0日圓　＋150日圓　＋300日圓

冰淇淋 & 義式冰淇淋 a.i.su & je.ra.-.to
※請從展示櫃中選擇您喜歡的口味。

從展示櫃 | 喜歡的 | 口味 | 挑選 | 請
sho.-.ke.-su ka.ra | o.su.ki.na | a.ji.o | o.e.ra.bi | ku.da.sa.i

巧克力 | 香草
cho.ko | ba.ni.ra

濃郁 | 香草 | 使用 | 義式冰淇淋 | 這款是
no.u.ko.u | ba.ni.ra.o | shi.yo.u.shi.ta | je.ra.-.to | de.su

牛奶 | 巧克力
mi.ru.ku | cho.ko

高品質的 | 巧克力和 | 新鮮 | 的 | 牛奶的 | 柔和 | 甜
ko.u.hi.n.shi.tsu.na | cho.ko.re.-.to.to | shi.n.se.n.na | mi.ru.ku.no | ya.sa.shi.i | a.ma.sa

肉桂 | 香草
shi.na.mo.n | ba.ni.ra

加入肉桂與 | 黑胡椒 | 提味 | 風味
shi.na.mo.n.to | bu.ra.k.ku.pe.p.pa.-.o | ki.ka.se.ta | fu.re.-.ba.-

鳳梨
pa.i.na.p.pu.ru

濃郁 | 香氣 | 人氣 | 口味
yu.ta.ka.na | ka.o.ri.ga | ni.n.ki.no | fu.re.-.ba.-

巧克力 | 薄荷
cho.ko | mi.n.to

夏季限定 | 風味 | 定位為 | 販售
ka.ki.ge.n.te.i | fu.re.-.ba.- | to.shi.te | ha.tsu.ba.i

柔軟水果系
so.fu.to.fu.ru.-.tsu

品味升級的 | 上等風味
jo.u.shi.tsu.na a.ji.wa.i.no | fu.re.-.ba.-.de.su

奇異果
ki.u.i

奇異果 | 風味滿滿的 | 濃郁牛奶 | 義式冰淇淋
ki.u.i.ga | ta.p.pu.ri.no | mi.ru.ki.-.na | je.ra.-.to

檸檬
re.mo.n

清涼感 | 第一名的 | 水果 | 義式冰淇淋
se.i.ryo.u.ka.n | na.n.ba.-.wa.n.no | fu.ru.-.tsu | je.ra.-.to

花生 | 焦糖
pi.-.na.t.tsu | kya.ra.me.ru

兒童客戶 | 人氣排名 | 永遠第一
o.ko.sa.ma | ni.n.ki.fu.do.u no | na.n.ba.wa.n

核桃
wu.-.ru.na.t.tsu

營養價值 | 高的 | 義大利 | 皮埃蒙特 | 核桃 | 使用
e.i.yo.u.ka.no | ta.ka.i | i.ta.ri.a | pi.e.mo.n.te.no | ku.ru.mi.o | shi.yo.u

香蕉
ba.na.na

香甜 | 成熟 | 香蕉 | 風味 | 可享用
a.ma.ku | ju.ku.shi.ta | ba.na.na.no | a.ji.wa.i.ga | ta.no.shi.me.ma.su

草莓
su.to.ro.be.ri.-

草莓 | 果粒 | 口感 | 能嚐到的 | 濃郁 | 雪酪
i.chi.go.no | tsu.bu.tsu.bu | sho.k.kan.ga | ka.n.ji.ra.re.ru | no.u.ko | so.ru.be

咖啡
ko.-.hi.-

香甜 | 牛奶 | 咖啡 | 口味 | 義式冰淇淋 | 這款是
a.ma.i | mi.ru.ku | ko.-.hi.- | a.ji.no | je.ra.-.to | de.su

橘子
o.re.n.ji

最 | 受好評的 | 口味 | 這款是
i.chi.ba.n | ko.u.hyo.u.da.t.ta | fu.re.-.ba.- | de.su

杏仁
a.mo.n.do

奢華 | 奶香濃郁的 | 風味
ze.i.ta.ku de | ku.ri.-.mi.-.na | fu.re.-.ba.-

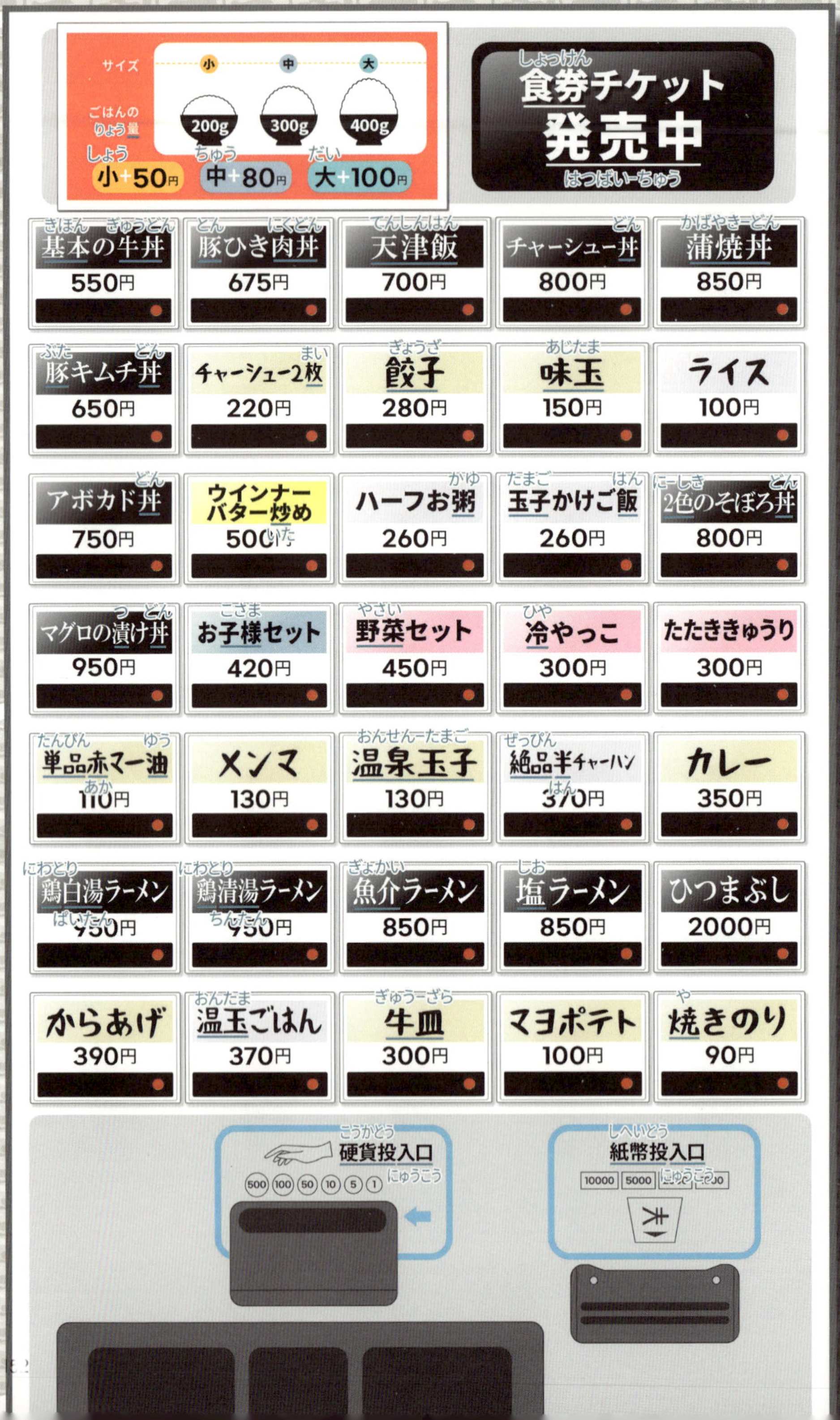

サイズ	小	中	大
ごはんのりょう量	200g	300g	400g
	小+50円	中+80円	大+100円

食券チケット発売中

基本の牛丼 550円	豚ひき肉丼 675円	天津飯 700円	チャーシュー丼 800円	蒲焼丼 850円
豚キムチ丼 650円	チャーシュー2枚 220円	餃子 280円	味玉 150円	ライス 100円
アボカド丼 750円	ウインナーバター炒め 500円	ハーフお粥 260円	玉子かけご飯 260円	2色のそぼろ丼 800円
マグロの漬け丼 950円	お子様セット 420円	野菜セット 450円	冷やっこ 300円	たたききゅうり 300円
単品赤マー油 110円	メンマ 130円	温泉玉子 130円	絶品半チャーハン 370円	カレー 350円
鶏白湯ラーメン 950円	鶏清湯ラーメン 950円	魚介ラーメン 850円	塩ラーメン 850円	ひつまぶし 2000円
からあげ 390円	温玉ごはん 370円	牛皿 300円	マヨポテト 100円	焼きのり 90円

硬貨投入口　500 100 50 10 5 1

紙幣投入口　10000 5000 1000

尺寸 sa.i.zu	小	中	大
飯量 go.ha.n.no.ryo.u	200g	300g	400g
	小 sho.u +50日圓	中 chu.u +80日圓	大 da.i +100日圓

餐券｜票 sho.k.ke.n ｜ chi.ke.t.to
銷售｜中 ha.tsu.ba.i ｜ chu.u

基本｜的｜牛肉｜蓋飯 ki.ho.n｜no｜gyu.u｜do.n **550日圓**	豬｜絞肉｜蓋飯 to.n｜hi.ki.ni.ku｜do.n **650日圓**	★天津飯 te.n.shi.n.ha.n **700日圓**	叉燒｜蓋飯 cha.-shu.-｜do.n **800日圓**	蒲燒｜蓋飯 ka.ba.ya.ki｜do.n **850日圓**
豬肉｜泡菜｜蓋飯 bu.ta｜ki.mu.chi｜do.n **650日圓**	叉燒｜2片 cha.-shu.-｜ni.ma.i **220日圓**	餃子 gyo.u.za **280日圓**	溏心蛋 a.ji.ta.ma **150日圓**	白飯 ra.i.su **100日圓**
酪梨｜蓋飯 a.bo.ka.do｜do.n **750日圓**	香腸｜奶油｜炒 u.i.n.na.-｜ba.ta.-｜i.ta.me **500日圓**	半熟｜粥 ha.-fu｜o.ka.yu **260日圓**	雞蛋｜拌｜飯 ta.ma.go｜ka.ke｜go.ha.n **260日圓**	雙色｜絞肉｜蓋飯 ni.shi.ki.no｜so.bo.ro｜do.n **800日圓**
鮪魚｜醬漬｜蓋飯 ma.gu.ro.no｜tsu.ke｜do.n **950日圓**	兒童｜套餐 o.ko.sa.ma.se.t.to **420日圓**	蔬菜｜套餐 ya.sa.i.se.t.to **450日圓**	冷豆腐 hi.ya.ya.k.ko **300日圓**	涼拌｜黃瓜 ta.ta.ki｜kyu.u.ri **300日圓**
單品｜★赤麻油 ta.n.pi.n｜a.ka.ma.-.yu.u **110日圓**	竹筍 me.n.ma **130日圓**	溫泉｜蛋 on.n.se.n｜ta.ma.go **130日圓**	極品｜半熟｜炒飯 ze.p.pi.n｜ha.n｜cha.-.ha.n **370日圓**	咖哩 ka.re.- **350日圓**
雞肉｜白湯｜拉麵 ni.wa.to.ri｜pa.i.ta.n｜ra.-me.n **950日圓**	雞肉｜清湯｜拉麵 ni.wa.to.ri｜chi.n.ta.n｜ra.-me.n **950日圓**	海鮮｜拉麵 gyo.u.ka.i｜ra.-me.n **850日圓**	鹽味｜拉麵 shi.o｜ra.-me.n **850日圓**	★鰻魚飯 hi.tsu.ma.bu.shi **2000日圓**
炸雞塊 ka.ra.a.ge **390日圓**	溫泉蛋｜白飯 o.n.ta.ma｜go.ha.n **370日圓**	牛肉｜盤 gyu.u｜za.ra **300日圓**	美乃滋｜馬鈴薯 ma.yo｜po.te.to **100日圓**	烤｜海苔 ya.ki｜no.ri **90日圓**

銅板｜投入處
ko.u.ka ｜ to.u.nyu.u.ko.u
500 100 50 10 5 1

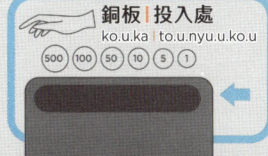

紙幣｜投入處
shi.he.i ｜ to.u.nyu.u.ko.u
10000 5000 2000 1000

★ 天津飯：將中式風味的煎蛋澆蓋在米飯上，再淋上濃稠醬汁的日本料理。
★ 赤麻油：以大蒜為主要風味和豬油製成的紅色香味油。（↔相對於白麻油）
★ 鰻魚飯：號稱為名古屋名產之鰻魚蓋飯料理。

にぎり寿司 一人前

逸品		
走り	真白子軍艦 約60g	六六〇円
	天使のえび二貫	四九五〇円
大蝦	特大ぼたんえび一貫	五五〇〇円
	活〆平目 ぶりとろ 数の子 各	三三〇円
お子様寿司		九八〇円
穴子にぎり寿司		二二六〇円
おまかせにぎり		一五七〇円
上にぎり寿司		二二二〇円
並にぎり寿司		一四五〇円
中にぎり寿司		一七三〇円
まぐろにぎり寿司		一五一〇円
中とろにぎり寿司		二八一〇円
大とろにぎり寿司		三八九〇円

ちらし寿司 一人前

並ちらし寿司	九八〇円
中ちらし寿司	一三五〇円
上ちらし寿司	一七三〇円
特上ちらし寿司	二二二〇円
中とろ鉄火丼	二八一〇円
大とろ鉄火丼	三八九〇円
穴子丼	二二六〇円
ねぎとろ丼	一六二〇円
北海丼	一九五〇円
いくら丼	一六二〇円
生うに丼	時価
生うに・いくら	時価
バラちらし寿司	一七三〇円

◆ 季節のネタを豊富に揃えています
他お好みにより調理いたします

※出前は二人前からお願い致します

◆ 当店の寿司米は、岩手県有機米ササニシキ使用

◆ 体にやさしい天然アルカリイオン水使用

お酒

芋焼酎	
一升瓶	六〇〇〇円
五合	三〇〇〇円
麦焼酎	
一升瓶	五五〇〇円
五合	二五〇〇円
グラス	
芋焼酎	六〇〇円
麦焼酎	六〇〇円
日本酒	六〇〇円
冷酒	六〇〇円

■営業時間
11:30～14:00
17:00～23:00
定休日 水曜日

★ 兩貫：握壽司通常兩貫為一盤。但若使用優良食材製作壽司時，也有一貫的單位。
★ 活締：活殺，日本傳統處理活魚的方法，迅速殺魚並排血，可以保持肉質鮮嫩不腥。
★ 主廚精選 o.ma.ka.se：「o.ma.ka.se」的意思是「交給對方處理」，在餐飲中指的是由主廚幫你搭配的菜色。

當季 ha.shi.ri

當季 鱈白子 軍艦 約 60g
ha.shi.ri | ma.shi.ra.ko | gu.n.ka.n | ya.ku

660円

大蝦 o.o.e.bi

大蝦 | 天使蝦 | 兩貫
ten.shino.e.bi | ni.ka.n
特大 | 牡丹蝦 | 一貫
to.ku.dai | bo.ta.ne.bi | i.kka.n

495円

逸品 i.ppi.n

活締 | 比目魚 | 鰤魚腹肉 | 鯡魚卵 各
ikejime | hi.ra.me | bu.ri.to.ro | ka.zu.no.ko | ka.ku

330円

握壽司 ni.gi.ri.zu.shi 一人份 i.chi.ni.n.ma.e

兒童 壽司 o.ko.sa.ma zu.shi **980円**

星鰻 握壽司 a.na.go ni.gi.ri.zu.shi **2260円**

★主廚精選 握壽司 o.ma.ka.se ni.gi.ri.zu.shi **1570円**

一般 握壽司 na.mi ni.gi.ri.zu.shi **1450円**

中級 握壽司 chu.u ni.gi.ri.zu.shi **1730円**

高級 握壽司 jo.u ni.gi.ri.zu.shi **2120円**

鮪魚 握壽司 ma.gu.ro ni.gi.ri.zu.shi **1510円**

鮪魚中腹 握壽司 chu.u.to.ro ni.gi.ri.zu.shi **2810円**

鮪魚大腹 握壽司 o.o.to.ro ni.gi.ri.zu.shi **3890円**

散壽司 chi.ra.shi.zu.shi 一人份 i.chi.ni.n.ma.e

★一般 散壽司 na.mi chi.ra.shi.zu.shi **980円**

中級 散壽司 chu.u chi.ra.shi.zu.shi **1350円**

高級 散壽司 jo.u chi.ra.shi.zu.shi **1730円**

特上級 散壽司 to.ku.jo.u chi.ra.shi.zu.shi **2120円**

鮪魚中腹 散壽司 chu.u.to.ro chi.ra.shi.zu.shi **2810円**

鐵火丼 te.kka.do.n **2390円**

鮪魚大腹 蓋飯 o.o.to.ro te.kka.do.n **3890円**

星鰻 蓋飯 a.na.go do.n **2260円**

蔥花鮪魚 蓋飯 ne.gi.to.ro do.n **1620円**

北海道 蓋飯 ho.kka.i.do.u do.n **1950円**

鮭魚卵 蓋飯 i.ku.ra do.n **1620円**

生海膽 na.ma.u.ni **時價 ji.ka**

生海膽 鮭魚卵 na.ma.u.ni i.ku.ra **時價 ji.ka**

★花散壽司 ba.ra.chi.ra.shi.zu.shi **1730円**

清酒 o.sa.ke

芋燒酎 i.mo.sho.u.chu.u
一升瓶 i.s.sho.u.pin **6000円**
五合 go.go.u **3000円**

麥燒酎 mu.gi.sho.u.chu.u
一升瓶 i.s.sho.u.pin **5500円**
五合 go.go.u **2500円**

一杯 gu.ra.su
芋燒酎 i.mo.sho.u.chu.u **600円**
麥燒酎 mu.gi.sho.u.chu.u **600円**
日本酒 ni.ho.n.shu **600円**
冷酒 re.i.shu **600円**

季節 ki.se.tsu.no 食材 ne.ta.no 豐富地 hou.fu.ni 準備好了 so.ro.e.te.i.ma.su
此外 ho.ka 依照顧客口味 o.ko.no.mi.ni.yo.ri 料理 cho.u.ri 進行 i.ta.shi.ma.su

※外送 de.ma.e.wa 至少兩人份 ni.ni.n.ka.ra 提供服務 o.ne.ga.i.i.ta.shi.ma.su

本店 to.u.te.n.no 壽司米 su.shi.ma.i.wa 有機米 yu.u.ki.ma.i 笹錦米 sa.sa.ni.shi.ki 使用 shi.yo.u
對身體 ka.ra.da.ni 溫和的 ya.sa.shi.i 天然 te.n.ne.n 鹼性離子水 a.ru.ka.ri.i.o.n.sui 使用 shi.yo.u

岩手縣 i.wa.te.ke.n

■營業時間 e.i.gyo.u.ji.ka.n
11:30〜14:00
17:00〜23:00
固定休息日 te.i.kyu.u.bi 星期三 su.i.yo.u.bi

★天散壽司：在以醋調味的米飯上，放置多種配料呈現蓋飯的壽司。
★蔥花鮪魚蓋飯：富含油脂的鮪魚碎肉上撒上切碎的蔥花之蓋飯。
★花散壽司：和散壽司類似，但是食材會切得更細。
★五合：合表示十分之一的量。五合酒即是指半瓶酒。

ランチ 日替わり

¥600(税抜)

ライスとスープバー付

1. チキンのチリソース&焼売
2. チキン南蛮&モチ水餃子
3. チキン竜田甘酢しょうゆ&白身魚フライ&キムチ
4. トンカツ&モチモチ水餃子&ミニ春巻
5. 豚しゃぶ&からあげ&ミニ春巻

ライス大盛り無料

ニラレバ炒め ¥540(税抜)	 麻婆豆腐 ¥550(税抜)	 海老のチリソース ¥680(税抜)
 カニ玉 ¥480(税抜)	 酢豚 ¥570(税抜)	 ニラ肉炒め ¥530(税抜)
 肉と玉子のいりつけ ¥550(税抜)	 八宝菜 ¥520(税抜)	チャーハン炒飯 ¥500(税抜)
 焼そば(ソース) ¥500(税抜)	 にんにく餃子 ¥290(税抜)	 バンバンジー ¥550(税抜)
 ユーリンチー ¥580(税抜)	 中華飯 ¥550(税抜)	
 肉シューマイ ¥290(税抜)	 春巻 ¥320(税抜)	 天津麺 ¥550(税抜)
 牛骨ラーメン ¥500(税抜)	 キムチ炒飯 ¥520(税抜)	
 杏仁豆腐 ¥220(税抜)	 完熟マンゴープリン ¥213(税抜)	
 ごま団子 ¥330(税抜)	 玉子スープ ¥100(税抜)	

¥999(税抜)でアルコール飲み放題セットにできます。

- キリン一番搾り生ビール <中ジョッキ>
- ウーロンハイ
- グラスワイン <赤or白>
- ハイボール
- 生搾りレモンサワー
- 紹興酒 <グラス>
- 梅酒サワー
- いいちこ <グラス>
- 梅酒 <グラス>

※当店では車(二輪・四輪他)を運転される方、20歳未満の方への酒類の提供はできません。
※一部の店舗では取り扱っていない商品がございます。詳しくは各店舗にお問い合わせ下さい。

午餐 ra.n.chi

¥600 (未税) ze.i.nu.ki

*每日更換 hi.ga.wa.ri

米飯和 ra.i.su to 湯 su.-.pu.pa.- 附贈 zu.ke

1. 雞肉 chi.ki.n.no 辣醬&燒賣 chi.ri.so.-.su & shu.ma.i
2. *南蠻雞肉 chi.ki.n.na.n.ba.n &Q彈水餃 mo.chi.su.i.gyo.u.za
3. *龍田雞肉 chi.ki.n.ta.tsu.ta 甘醋醬油 a.ma.zu.sho.u.yu.u &炸白身魚 & shi.ro.mi.za.ka.na.fu.ra.i &泡菜 & ki.mu.chi
4. 豬排 to.n.ka.tsu &Q彈水餃 mo.chi.su.i.gyo.u.za 迷你 mi.ni 春捲 ha.ru.ma.ki
5. 豬肉涮涮鍋 to.n.sha.bu &炸雞 & ka.ra.a.ge &迷你 & mi.ni 春捲 ha.ru.ma.ki

米飯 ra.i.su 加量 o.o.mo.ri 免費 mu.ryo.u

韭菜 ni.ra 豬肝 re.ba 炒 i.ta.me
¥540 (未税 ze.i.nu.ki)

麻婆豆腐 ma.bo.-.do.u.fu
¥550 (未税 ze.i.nu.ki)

蝦仁辣炒 e.bi.no.chi.ri.so.-.su
¥680 (未税 ze.i.nu.ki)

蟹肉炒蛋 ka.ni.ta.ma
¥480 (未税 ze.i.nu.ki)

糖醋肉 su.bu.ta
¥570 (未税 ze.i.nu.ki)

韭菜 ni.ra 肉 ni.ku 炒 i.ta.me
¥530 (未税 ze.i.nu.ki)

肉 ni.ku 蛋 ta.ma 炒 i.ri.tsu.ke
¥550 (未税 ze.i.nu.ki)

八寶菜 ha.p.po.u.sa.i
¥520 (未税 ze.i.nu.ki)

炒飯 cha.-.ha.n
¥500 (未税 ze.i.nu.ki)

炒麵 ya.ki.so.ba (醬汁 so.-.su)
¥500 (未税 ze.i.nu.ki)

大蒜 ni.n.ki.ku 煎餃 gyo.u.za
¥290 (未税 ze.i.nu.ki)

棒棒雞 ba.n.ba.n.ji.-
¥550 (未税 ze.i.nu.ki)

油淋雞 yu.-.ri.n.chi.-
¥580 (未税 ze.i.nu.ki)

中華飯 chu.u.ka.ha.n
¥550 (未税 ze.i.nu.ki)

豬肉 ni.ku 燒賣 shu.-.ma.i
¥290 (未税 ze.i.nu.ki)

春捲 ha.ru.ma.ki
¥320 (未税 ze.i.nu.ki)

天津麵 te.n.shi.n.me.n
¥550 (未税 ze.i.nu.ki)

牛 gyu 骨 ko.tsu 拉麵 ra.-.me.n
¥500 (未税 ze.i.nu.ki)

泡菜 ki.mu.chi 炒飯 cha.-.ha.n
¥520 (未税 ze.i.nu.ki)

杏仁豆腐 a.n.ni.n.do.u.fu
¥220 (未税 ze.i.nu.ki)

完熟 ka.n.ju.ku 芒果 ma.n.go.- 布丁 pu.ri.n
¥213 (未税 ze.i.nu.ki)

芝麻 go.ma 球 da.n.go
¥330 (未税 ze.i.nu.ki)

蛋花 ta.ma.go 湯 su.-.pu
¥100 (未税 ze.i.nu.ki)

¥999 (未税 ze.i.nu.ki)

加購 de 酒 a.ru.ko.-.ru 喝到飽 no.mi.ho.u.da.i 套餐 se.t.to 可 de.ki.ma.su

- ■ 烏龍高球 u.-.ro.n.ha.i
- ■ 高球酒 ha.i.bo.-.ru
- ■ 紹興酒 sho.u.ko.u.shu <杯 gu.ra.su>
- ■ 玉極閣 i.i.chi.ko <杯 gu.ra.su>
- ■ 玻璃杯 gu.ra.su 葡萄酒 wa.i.n <紅 a.ka or 白 shi.ro >
- ■ 生搾 na.ma.shi.bo.ri 檸檬 re.mo.n 沙瓦 sa.wa.-
- ■ 梅酒 u.me.shu 沙瓦 sa.wa.-
- ■ 梅酒 u.me.shu <杯 gu.ra.su>

※本店不提供酒類飲品給開車者(機車、汽車等)與未滿二十歲者。
本店中 to.u.te.n de.ha 開車(機車、汽車等)者 ku.ru.ma (ni.ri.n yo.n.ri.n ho.ka) wo u.n.te.n.sa.re.ru ka.ta 未滿20歲者 ni.ju.u.sa.i.mi.ma.n.no.ka.ta.e.no 酒類 shu.ru.i.no 無法提供 te.i.kyo.u.wa.de.ki.ma.se.n

※部分店鋪未提供上述商品,詳情請洽各店鋪。
部分店鋪 i.chi.bu.no.te.n.po.de.ha
未提供上述商品 to.ri.a.tsu.ka.t.te.i.na.i.sho.u.hi.n.ga.go.za.i.ma.su
詳情 ku.wa.shi.ku.wa
請洽各店鋪 ka.ku.te.n.po.ni o.to.i.a.wa.se ku.da.sa.i

每日更換:不是固定的定食菜單,而是當天的推薦菜單。通常會在午餐時間提供。

★南蠻雞肉:低溫油炸製成的炸雞。
★龍田:和一般炸物不同,是先用味淋或醬油醃製後再炸的料理。
★烏龍高球:將燒酒等蒸餾酒與烏龍茶混合的一種雞尾酒。

焼き鳥

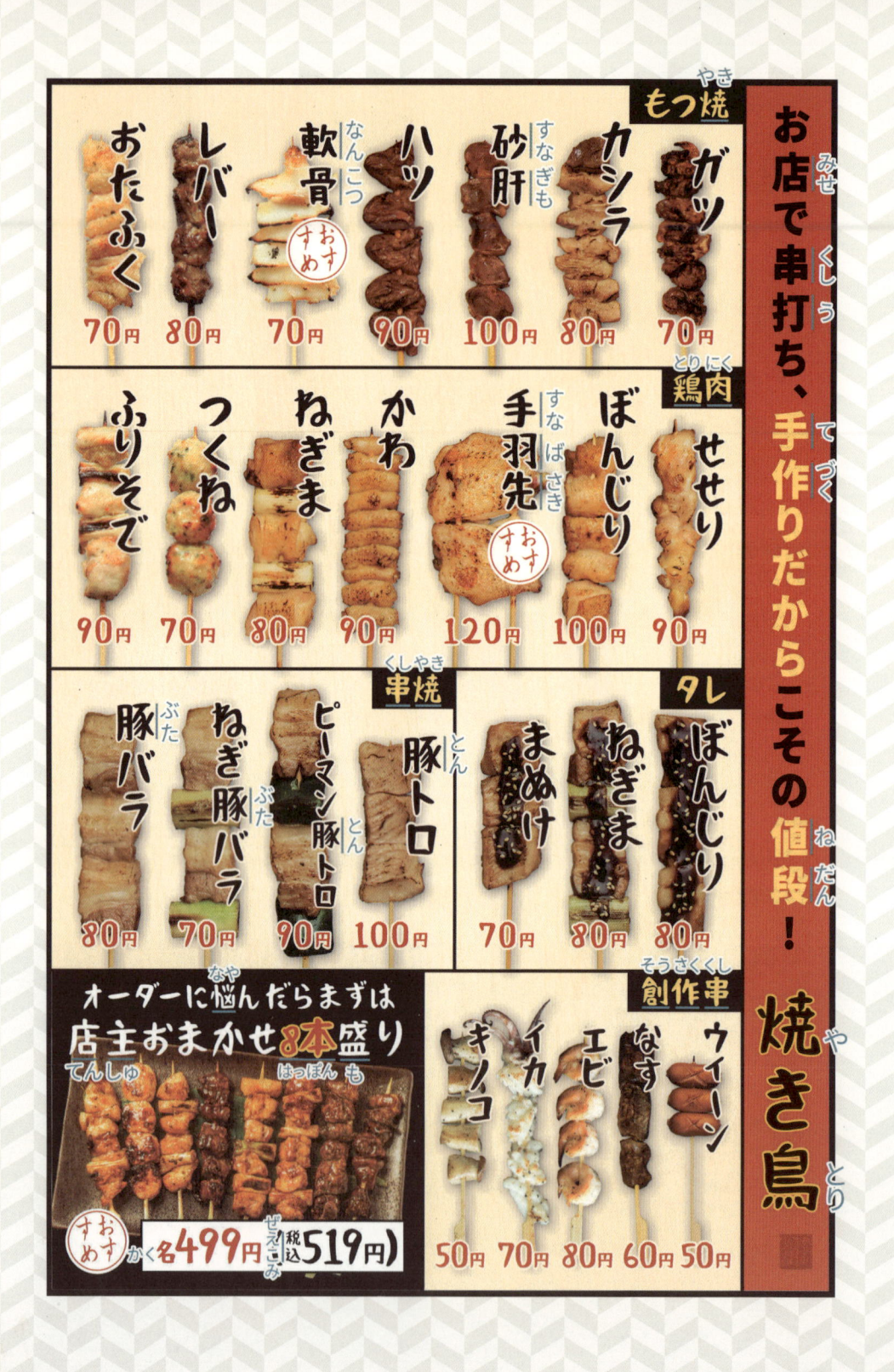

お店で串打ち、手作りだからこその値段！

もつ焼

- ガツ 70円
- カシラ 80円
- ハツ 100円
- 砂肝 90円
- 軟骨（なんこつ）おすすめ 70円
- レバー 80円
- おたふく 70円

鶏肉（とりにく）

- せせり 90円
- ぼんじり 100円
- 手羽先（てばさき）おすすめ 120円
- かわ 90円
- ねぎま 80円
- つくね 70円
- ふりそで 90円

串焼（くしやき）

- 豚バラ 80円
- ねぎ豚バラ 70円
- ピーマン豚トロ 90円
- 豚トロ 100円

タレ

- まぬけ 70円
- ねぎま 80円
- ぼんじり 80円

創作串（そうさくくし）

- ウインナ 50円
- なす 60円
- エビ 80円
- イカ 70円
- キノコ 50円

店主おまかせ8本盛り

オーダーに悩んだらまずは
店主（てんしゅ）おまかせ8本（はっぽん）盛（も）り
おすすめ 各499円（税込519円）

烤雞串 ya.ki.to.ri

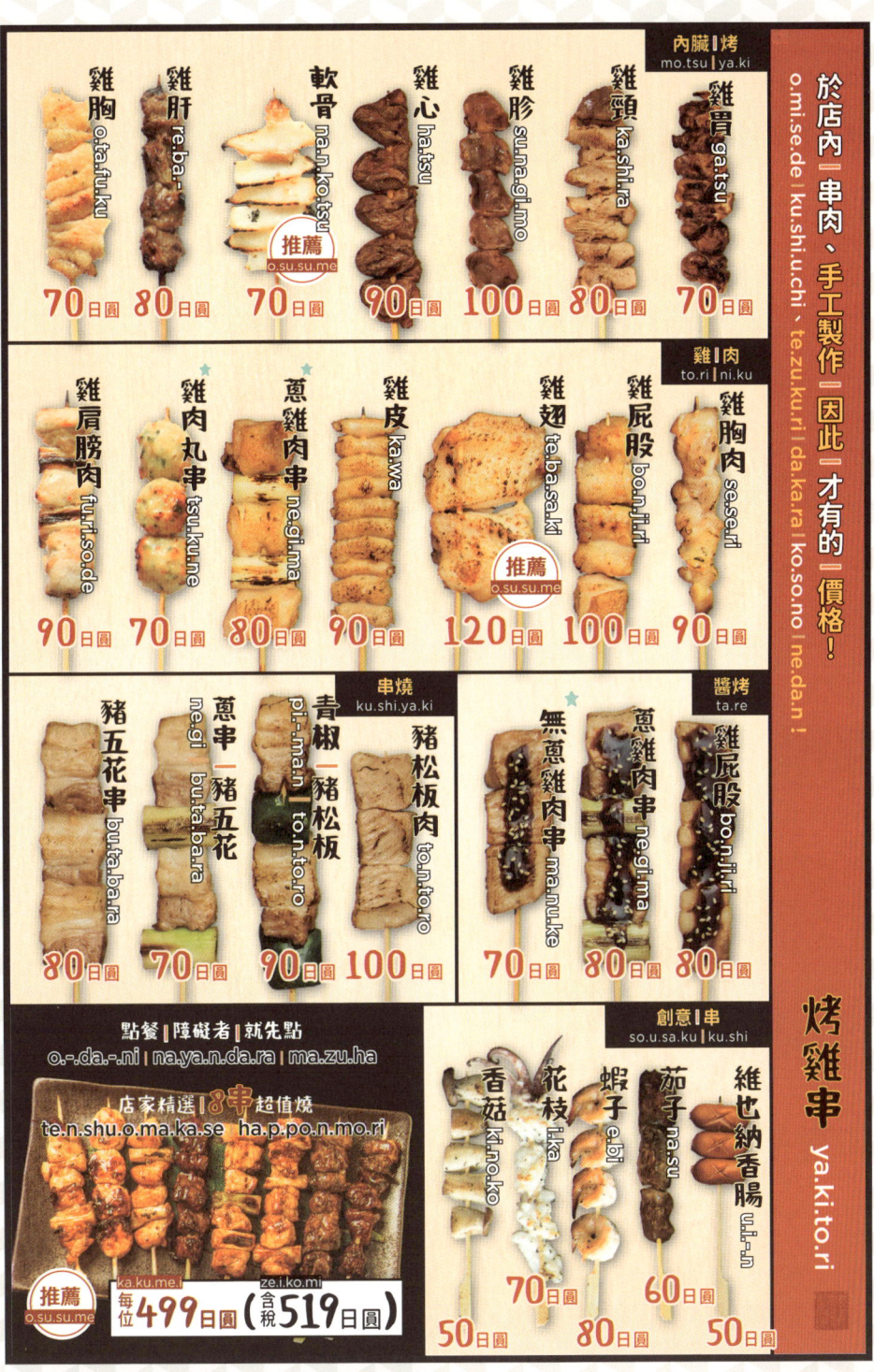

內臟 | 烤 mo.tsu.ya.ki

於店內「串肉、手工製作」因此才有的價格！
o.mi.se.de | ku.shi.u.chi、te.zu.ku.ri | da.ka.ra | ko.so.no | ne.da.n!

雞胸 o.ta.fu.ku	雞肝 re.ba-	軟骨 na.n.ko.tsu	雞心 ha.tsu	雞胗 su.na.gi.mo	雞頭 ka.shi.ra	雞胃 ga.tsu
70日圓	80日圓	70日圓（推薦 o.su.su.me）	90日圓	100日圓	80日圓	70日圓

雞 | 肉 to.ri.ni.ku

雞肩胛肉 fu.ri.so.de	雞肉丸串 tsu.ku.ne	蔥雞肉串 ne.gi.ma	雞皮 ka.wa	雞翅 te.ba.sa.ki	雞屁股 bo.n.ji.ri	雞胸肉 se.se.ri
90日圓	70日圓	80日圓	90日圓	120日圓（推薦 o.su.su.me）	100日圓	90日圓

串燒 ku.shi.ya.ki

豬五花串 bu.ta.ba.ra	蔥串｜豬五花 ne.gi	青椒｜豬松板 pi-ma.n	豬松板肉 to.n.to.ro
80日圓	70日圓	90日圓	100日圓

醬烤 ta.re

無蔥雞肉串 ma.nu.ke	蔥雞肉串 ne.gi.ma	雞屁股 bo.n.ji.ri
70日圓	80日圓	80日圓

點餐｜障礙者｜就先點
o.-da.-ni | na.ya.n.da.ra | ma.zu.ha

店家精選 8串 超值燒
te.n.shu.o.ma.ka.se | ha.p.po.n.mo.ri

推薦 o.su.su.me　每位 **499**日圓 ka.ku.me.i （含稅 **519**日圓 ze.i.ko.mi）

創意 | 串 so.u.sa.ku | ku.shi

香菇 ki.no.ko	花枝 i.ka	蝦子 e.bi	茄子 na.su	維也納香腸 u.i-n
70日圓	50日圓	80日圓	60日圓	50日圓

★ 蔥雞肉串：將雞大腿肉和蔥串在一起製成的烤串料理。
★ 雞肉丸串：用雞肉或魚肉等製成的丸狀或棒狀食品。
★ 無蔥雞肉串：意為去掉"蔥雞肉串"中的蔥，只用雞大腿肉串製的串烤料理。

支付方式以現金為主

日本有很多店家不接受信用卡付款。因此最好將信用卡當成緊急用途使用，身上需要攜帶充足的現金。如果想用信用卡支付最好先詢問店家是否接受信用卡。

準備零錢包

日本硬幣的價值並不低。會用到硬幣付款的情況很多，而且大多數找零也是硬幣，因此建議要準備一個零錢包。

附加小菜需額外付費

與台灣或韓國免費附加小菜不同，在日本需要額外點小菜，當然也會產生額外的費用。

飯碗用左手，筷子用右手

在日本吃飯時通常會用手拿著飯碗，然後用筷子進食。要注意的是飯碗要用左手拿，筷子則用右手。同時，隨餐提供的湯通常不會使用勺子而是直接飲用。

不要使用咖啡店的電源

在台灣使用咖啡店或餐廳的電源充電是很常見的，但是在日本並不是這樣。因為店家的電也被視為店家的財產，所以通常是不允許使用的。雖然如果很急也可以請店員協助，但是最好還是帶著行動電源旅行起來會更輕鬆。

把錢放在盤子裡

如果你在商店的收銀台上看到和銀行櫃檯類似的盤子，那麼在結帳時錢不要直接交給店員，而是放在盤子裡就可以了。這是為了準確地向顧客展示所收的款項和找零。信用卡也可以直接放在盤子裡。

盡量避免搭乘計程車

日本計程車費用昂貴的事實已經廣為人知。最近東京地區的計程車基本費用大幅下降至410日圓。然而根據距離增加的費用卻上漲，因此中等距離的費用實際上會更加昂貴。因此儘量在真的急需時才考慮搭乘計程車比較好。

街上禁煙

雖然日本被稱為抽煙者的天堂，但是在街上抽煙是違法的。必須要在指定的地點才能抽菸，千萬不要忘記這一點喔。

準備插頭轉換器

日本使用的是110伏特的11字形插座，因此最好準備一個插頭轉換器。

靠左通行

日本和台灣不同是靠左側行走的。特別是在搭乘自動手扶梯時，台灣是在右側排隊左側留空，但是在日本則是左側排隊右側留空。

搭乘大眾運輸時不要打電話

大多數的日本人都不喜歡給別人添麻煩。因此在地鐵或公車上，不僅不會打電話，和同行的人之間也會小聲地交談。

溫泉要裸身入浴

日本的入浴場所只允許裸身入浴。雖然可以攜帶小毛巾來遮擋身體，但不能將個人使用的毛巾泡進浴池裡面。因為這可能會被視為不衛生的行為。

7

詞彙筆記

以下是和「飲品」相關的單字。請試著寫出對應羅馬拼音的假名。

水	茶	果汁
mi.zu	cha	ju.-.su
みず	ちゃ	ジュース

牛乳	熱可可	可樂
gyu.u.nyu.u	ho.t.to.cho.ko	ko.-.ra
ぎゅうにゅう	ホットチョコ	コーラ

冰塊	酒	紅酒
ko.o.ri	sa.ke	a.ka.wa.i.n
こおり	さけ	あかわいん

白酒	生啤	瓶裝啤酒
shi.ro.wa.i.n	na.ma.bi.-.ru	bi.n.bi.-.ru
しろわいん	なまびーる	びんびーる

164

● 平假名　● 片假名

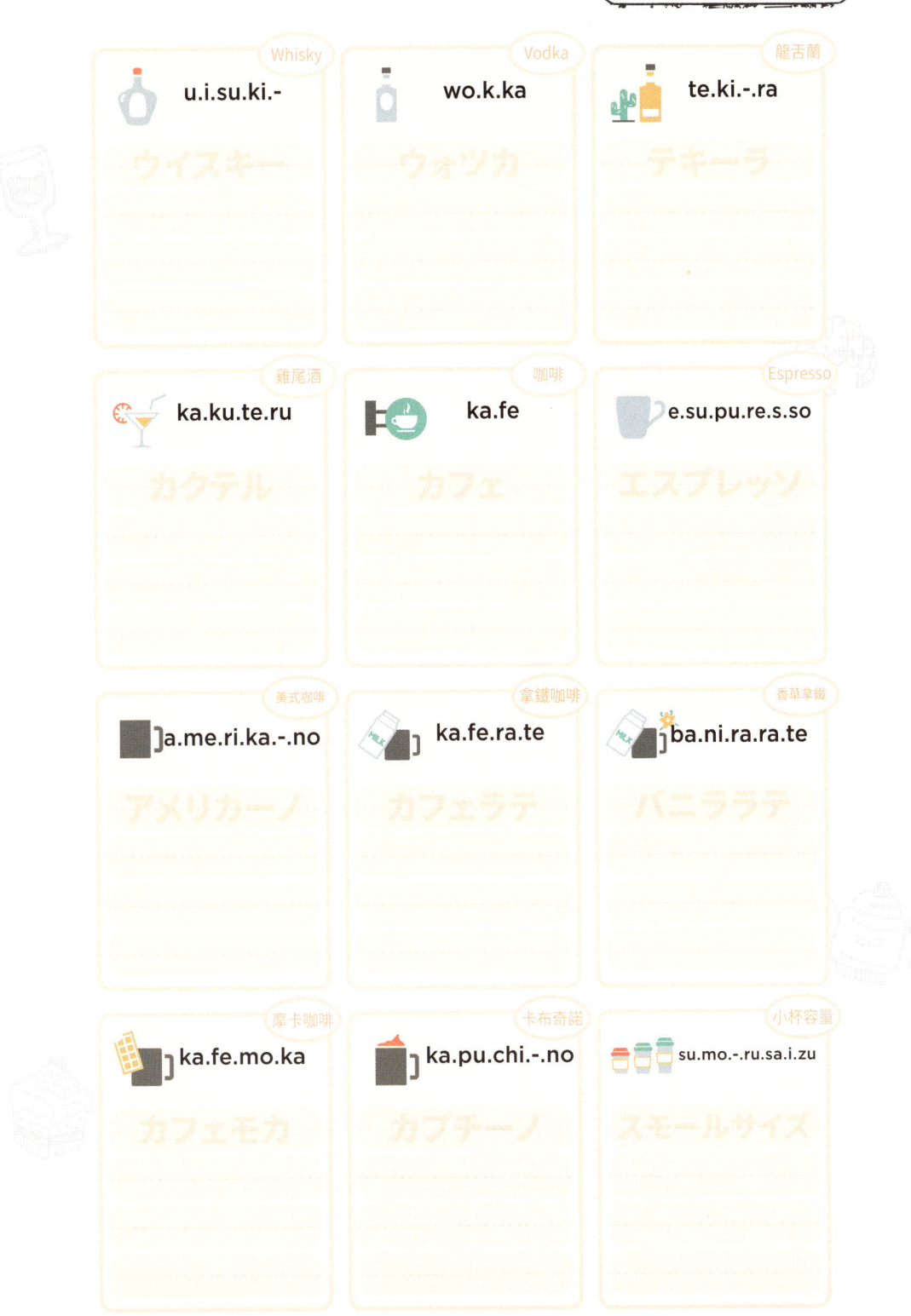

Whisky	Vodka	龍舌蘭
u.i.su.ki.-	wo.k.ka	te.ki.-.ra
ウイスキー	ウォッカ	テキーラ

雞尾酒	咖啡	Espresso
ka.ku.te.ru	ka.fe	e.su.pu.re.s.so
カクテル	カフェ	エスプレッソ

美式咖啡	拿鐵咖啡	香草拿鐵
a.me.ri.ka.-.no	ka.fe.ra.te	ba.ni.ra.ra.te
アメリカーノ	カフェラテ	バニララテ

摩卡咖啡	卡布奇諾	小杯容量
ka.fe.mo.ka	ka.pu.chi.-.no	su.mo.-.ru.sa.i.zu
カフェモカ	カプチーノ	スモールサイズ

7 詞彙筆記　165

以下是和「食物」相關的單字。請試著寫出對應羅馬拼音的假名。

中杯容量
mi.di.a.mu.sa.i.zu
ミディアムサイズ

大杯容量
to.-.ru.sa.i.zu
トールサイズ

雙份濃縮
da.bu.ru.sho.t.to
ダブルショット

糖漿
shi.ro.p.pu
シロップ

鮮奶油
ho.i.p.pu.ku.ri.-.mu
ホイップクリーム

肉桂粉
shi.na.mo.n.pa.u.da.-
シナモンパウダー

速食
fa.-.su.to.fu.-.do
ファーストフード

漢堡
ha.n.ba.-.ga.-
ハンバーガー

薯條
fu.ra.i.do.po.te.to
フライドポテト

吐司
to.-.su.to
トースト

三明治
sa.n.do.i.c.chi
サンドイッチ

披薩
pi.za
ピザ

● 平假名　● 片假名

義大利麵	湯	沙拉
pa.su.ta	su.-.pu	sa.ra.da
パスタ	スープ	サラダ

牛排	麵	水果
su.te.-.ki	me.n	ku.da.mo.no
ステーキ	めん	くだもの

蘋果	香蕉	柳丁
ri.n.go	ba.na.na	o.re.n.ji
リンゴ	バナナ	オレンジ

鳳梨	哈密瓜	西瓜
pa.i.na.p.pu.ru	me.ro.n	su.i.ka
パイナップル	メロン	スイカ

7 詞彙筆記　167

以下是和「水果」相關的單字。請試著寫出對應羅馬拼音的假名。

草莓	葡萄	水蜜桃
i.chi.go	bu.do.u	mo.mo
いちご	ぶどう	もも

芒果	柿子	梨子
ma.n.go	ka.ki	na.shi
マンゴ	かき	ナシ

橘子	梅子	柚子
mi.ka.n	u.me	yu.zu
ミカン	うめ	ゆず

葡萄柚	奇異果	椰子
gu.re.-.pu.fu.ru.-.tsu	ki.u.i	ko.ko.na.tsu
グレープフルーツ	キウイ	ココナツ

● 平假名   ● 片假名

荔枝	榴槤	山竹
ra.i.chi.-	do.ri.a.n	ma.n.go.su.chi.n
ライチー	ドリアン	マンゴスチン

木瓜	酪梨	櫻桃
pa.pa.i.a	a.bo.ka.do	che.ri.-
パパイア	アボカド	チェリー

檸檬	叉子	刀
re.mo.n	fo.-.ku	na.i.fu
レモン	フォーク	ナイフ

湯匙	筷子	杯子
su.pu.-.n	ha.shi	ko.p.pu
スプーン	はし	コップ

7 詞彙筆記 169

しょっき・あじつけ

以下是和「食器・醬料」相關的單字。請試著寫出對應羅馬拼音的假名。

盤子	瓶子	醬料
sa.ra	bi.n	so.-.su
さら	びん	ソース

鹽	砂糖	胡椒
shi.o	sa.to.u	ko.sho.u
しお	さとう	こしょう

美乃滋	醬油	醋
ma.yo.ne.-.zu	sho.u.yu	su
マヨネーズ	しょうゆ	す

黃芥末醬	辣椒醬	辣椒油
ma.su.ta.-.do.so.-.su	chi.ri.so.-.su	ra.-.yu
マスタードソース	チリソース	ラーユ

170

| | 平假名 | 片假名 |

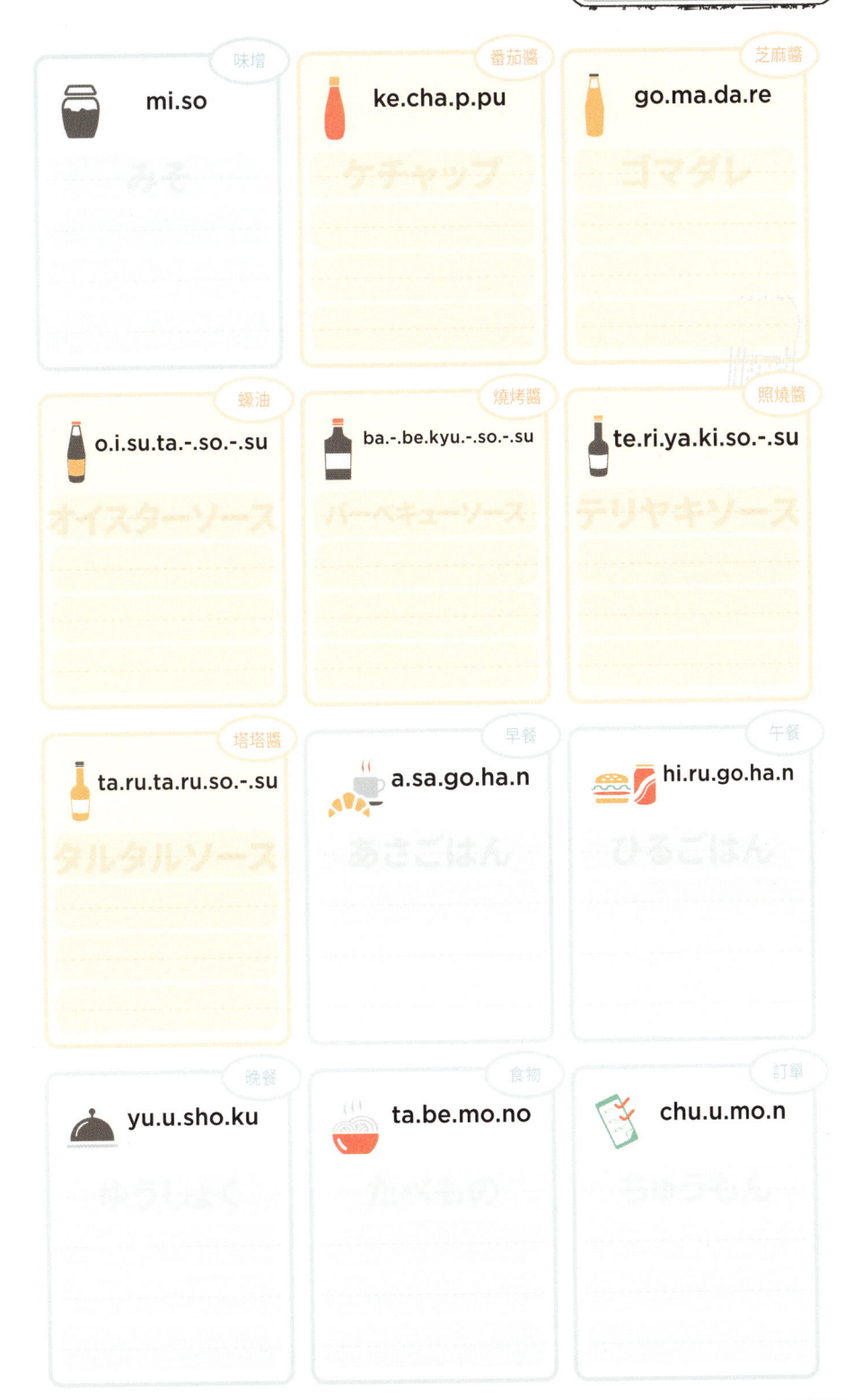

味增	番茄醬	芝麻醬
mi.so	ke.cha.p.pu	go.ma.da.re
みそ	ケチャップ	ゴマダレ

蠔油	燒烤醬	照燒醬
o.i.su.ta.-.so.-.su	ba.-.be.kyu.-.so.-.su	te.ri.ya.ki.so.-.su
オイスターソース	バーベキューソース	テリヤキソース

塔塔醬	早餐	午餐
ta.ru.ta.ru.so.-.su	a.sa.go.ha.n	hi.ru.go.ha.n
タルタルソース	あさごはん	ひるごはん

晚餐	食物	訂單
yu.u.sho.ku	ta.be.mo.no	chu.u.mo.n
ゆうしょく	たべもの	ちゅうもん

7 詞彙筆記 171

以下是和「用餐・食材」相關的單字。請試著寫出對應羅馬拼音的假名。

餐巾紙	衛生紙	用餐
na.pu.ki.n	ti.s.shu.pe.-.pa.-	sho.ku.ji
ナプキン	ティッシュペーパー	しょくじ

零食	外送	麵包
ka.n.sho.ku	ha.i.ta.tsu	pa.n
かんしょく	はいたつ	パン

米	雞蛋	肉
ko.me	ta.ma.go	ni.ku
こめ	たまご	にく

豬肉	雞肉	牛肉
bu.ta.ni.ku	to.ri.ni.ku	gyu.u.ni.ku
ぶたにく	とりにく	ぎゅうにく

● 平假名 ● 片假名

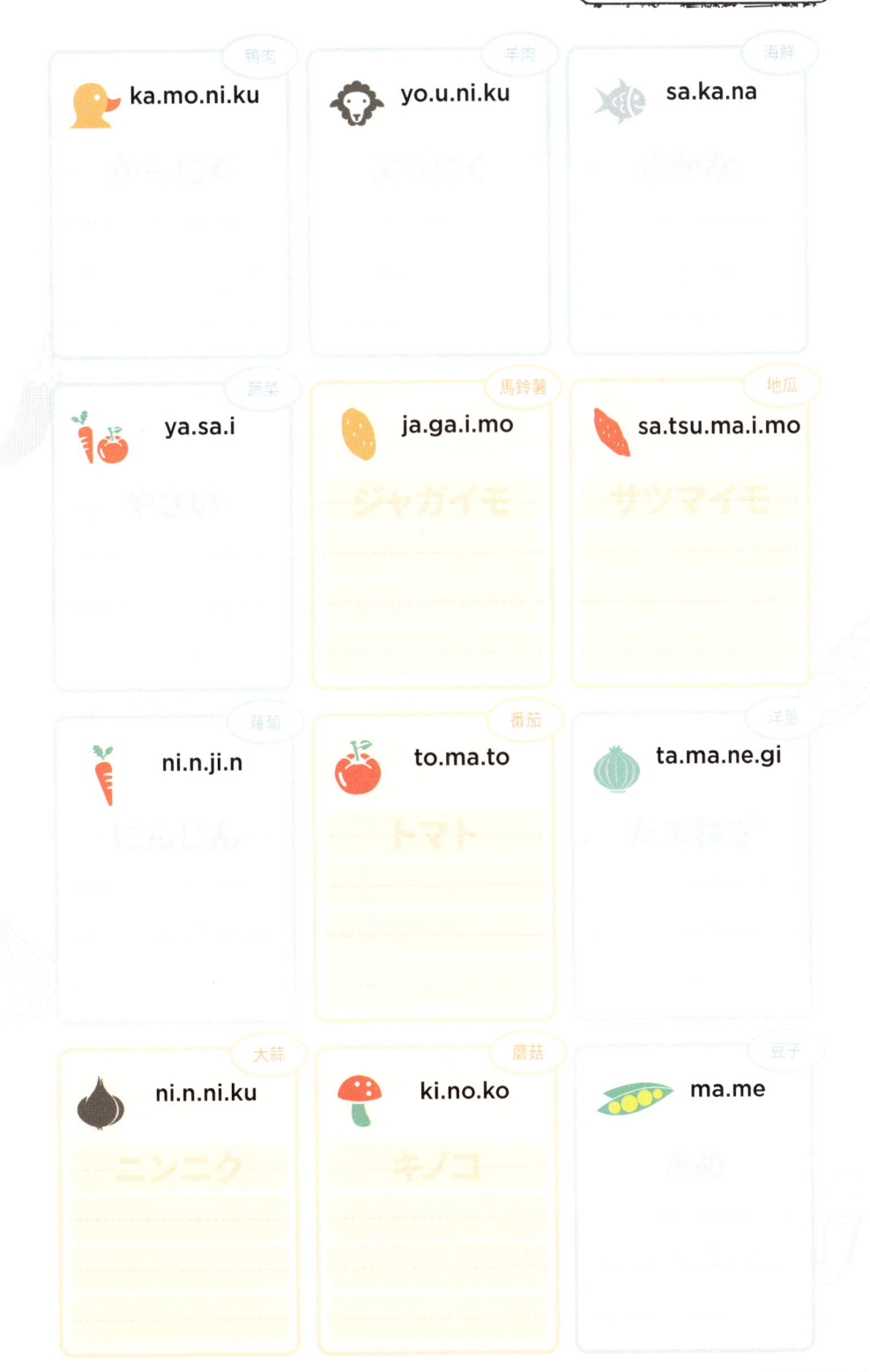

鴨肉 ka.mo.ni.ku	羊肉 yo.u.ni.ku	海鮮 sa.ka.na
蔬菜 ya.sa.i	馬鈴薯 ja.ga.i.mo	地瓜 sa.tsu.ma.i.mo
蘿蔔 ni.n.ji.n	番茄 to.ma.to	洋蔥 ta.ma.ne.gi
大蒜 ni.n.ni.ku	蘑菇 ki.no.ko	豆子 ma.me

7 詞彙筆記　173

以下是和「烹飪・甜點」相關的單字。請試著寫出對應羅馬拼音的假名。

堅果類: na.t.tsu — ナッツ

起司: chi.-.zu — チーズ

蜂蜜: ha.chi.mi.tsu — はちみつ

炒製: i.ta.me — いため

油炸: a.ge — あげ

燒烤: ya.ki — やき

水煮: yu.de — ゆで

拌: a.e — あえ

燉菜: ni.tsu.ke — につけ

蒸煮: ni.ko.mi — にこみ

醃製: tsu.ke.mo.no — つけもの

甜點: de.za.-.to — デザート

● 平假名　● 片假名

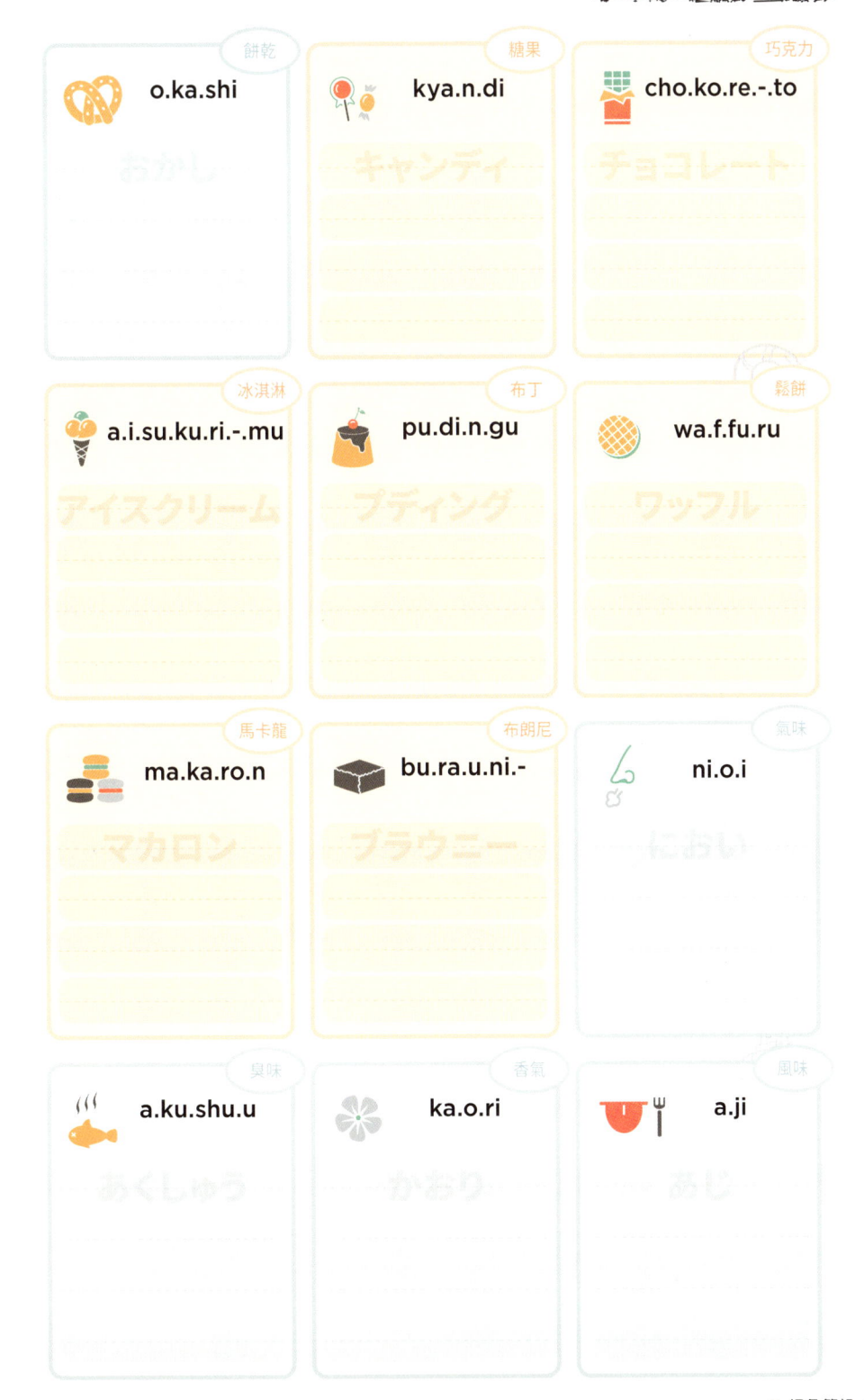

餅乾	糖果	巧克力
o.ka.shi	kya.n.di	cho.ko.re.-.to
おかし	キャンディ	チョコレート

冰淇淋	布丁	鬆餅
a.i.su.ku.ri.-.mu	pu.di.n.gu	wa.f.fu.ru
アイスクリーム	プディング	ワッフル

馬卡龍	布朗尼	氣味
ma.ka.ro.n	bu.ra.u.ni.-	ni.o.i
マカロン	ブラウニー	におい

臭氣	香氣	風味
a.ku.shu.u	ka.o.ri	a.ji
あくしゅう	かおり	あじ

7 詞彙筆記 175

EZ Japan 樂學 35

吃著吃著就學會五十音了：
走進日本小巷餐飲店，輕鬆點菜，自信開口。

作　　　者	Mr.Sun（宣珍浩）
繪　　　者	洪詩涵、李婉寧
編　　　輯	高幸玉
校　　　對	高幸玉
封面設計	曾晏詩
版型設計	曾晏詩
內頁排版	曾晏詩
行銷企劃	張爾芸
發 行 人	洪祺祥
副總經理	洪偉傑
副總編輯	曹仲堯
法律顧問	建大法律事務所
財務顧問	高威會計師事務所
出　　　版	日月文化出版股份有限公司
製　　　作	EZ 叢書館
地　　　址	台北市信義路三段 151 號 8 樓
電　　　話	(02)2708-5509
傳　　　真	(02)2708-6157
客服信箱	service@heliopolis.com.tw
網　　　址	www.heliopolis.com.tw
郵撥帳號	19716071 日月文化出版股份有限公司
總 經 銷	聯合發行股份有限公司
電　　　話	(02)2917-8022
傳　　　真	(02)2915-7212
印　　　刷	中原造像股份有限公司
初　　　版	2025 年 7 月
定　　　價	360 元
I S B N	978-626-7641-71-2

國家圖書館出版品預行編目 (CIP) 資料

吃著吃著就學會五十音了：
走進日本小巷餐飲店,輕鬆點菜,自信開口。
Mr. Sun(宣珍浩)著.　　　洪詩涵, 李婉寧譯.
-- 初版.-- 臺北市：日月文化出版股份有限公司, 2025.07
　面；　公分. (EZ Japan 樂學；35)
譯自：골목식당을 가기 위한 기초 일본어
ISBN 978-626-7641-71-2 (平裝)

1.CST: 日語 2.CST: 語音 3.CST: 假名

803.1134　　114007182

골목식당을 가기 위한 기초 일본어
Copyright ⓒ 2023 by Mr. Sun All rights reserved.
Original Korean edition published by OLD STAIRS Publishing Co., Ltd.
Chinese(traditional) Translation rights arranged with OLD STAIRS Publishing Co., Ltd.
Chinese(traditional) Translation Copyright ⓒ 2025 by Heliopolis Culture Group Co., Ltd
through M.J. Agency, in Taipei.

◎版權所有，翻印必究
◎本書如有缺頁、破損、裝訂錯誤，請寄回本公司更換